小姐妹

黄咏梅　著

长江出版传媒　长江文艺出版社

图书在版编目（ＣＩＰ）数据

小姐妹 / 黄咏梅著. -- 武汉：长江文艺出版社，
2021.7
　ISBN 978-7-5702-1212-5

　Ⅰ．①小… Ⅱ．①黄… Ⅲ．①中篇小说－小说集－中
国－当代 ②短篇小说－小说集－中国－当代Ⅳ.
①I247.7

中国版本图书馆 CIP 数据核字(2019)第 206351 号

小姐妹
XIAO JIEMEI

策划编辑：王苏辛

责任编辑：胡金媛　　　　　　　　责任校对：毛　娟
封面设计：付诗意　　　　　　　　责任印制：邱　莉　杨　帆

出版：长江出版传媒　　长江文艺出版社
地址：武汉市雄楚大街 268 号　　　邮编：430070
发行：长江文艺出版社
http://www.cjlap.com
印刷：湖北新华印务有限公司

开本：850 毫米×1194 毫米　　　1/32　印张：7.375　　插页：2 页
版次：2021 年 7 月第 1 版　　　2021 年 7 月第 1 次印刷
字数：99 千字

定价：38.00 元

SMALL SISTER

Contents

目 录

Chapter One

睡莲失眠

　　喝光最后一口咖啡，许戈在那套宽大的运动装和那条掐腰的连衣裙之间犹豫了一小会儿。最后，她套上了裙子，有点艰难地从后背拉上了拉链。这样，物管处的那个小张，就不会认为她是像往常遛狗时顺便过来领一下分类垃圾袋，或者来给门禁卡加磁。她不是顺便来，当然，她也不想用投诉这个词。

　　这件事的确不好处理。他们不是没看到那盏灯，不过没有一个人上楼劝那个女人关灯。

　　"那不是一盏路灯，起码一百瓦，就算隔着窗帘，都能照到我的枕头上。如果我掀开窗帘，看书都可以省电了。"已经一个多月，许戈被这些光闹得几乎神经衰弱，仿佛这些光是高分贝的噪音，挖掘机一般。失眠的时候，这些光又像一只放大镜，在许戈错综复杂的脑神经里翻来拣去，一忽而照见了很多往事，一忽而又延伸出了很多未来，许戈的夜晚就在记忆与妄想之间奔波，疲惫不堪。

许戈不懂得流程，光顾着说。小张在抽屉里摸来摸去，只找到一种表格，填好业主姓名、楼号等基本资料之后，剩一个大空格，上边打着：投诉事由。小张就在那个大空格里记录许戈的话。她又不得不申明，自己并不是来投诉的，只是来让他们去做做那个女人的工作，让她关掉那盏灯。可是，他们这里只有这种表格。最后，许戈检查了一下小张的记录。那些歪歪扭扭的狗爬字，削弱了整件事的严肃性，还把她反复强调的"光污染"写成了"光乌染"。许戈捏着那张表，寻思是不是要找物业主管，她怀疑小张的能力，尽管他每次见到她都热情得像自己的弟弟。在业主签名那一栏，许戈犹豫了一下，签上自己的名字。

往回走的时候，许戈习惯性地绕进了"迷宫"。会所后面，有个比人高一头的小"丛林"，修剪得整整齐齐的扁柏隔出几条曲折小径，七拐八拐。"迷宫"，是朱险峰起的名字。刚搬进来那一阵，他们喜欢来"迷宫"散步，在这个相对隐秘的公众场合，接个吻，抱两分钟，扁柏树吐出来的植物气息对他们来说，具备了一点催情的刺激。"迷宫"又密又厚，隔壁小径传来一男一女讲话，看不见人影，只能听到声音。"不怕，整人的人最终都没有好下场。""犯不着把自己搭进去啊，这种坏人不值得奉陪……"要是许戈有兴趣，她完全可以站在原地，把他们讲的事情听完整而不被发现，就像藏在厚厚的窗帘背后偷听。不过许戈没再听下去，不知从何时开始，她对人的秘密不再感兴趣，或者说害怕更为准确些。她快步走出"迷宫"，往小池塘去。

小池塘是人造的，在会所和公寓连接处，水深不过四五十厘米，里边养着锦鲤、乌龟、棍子鱼，最常见的是一群群小蝌蚪。总有小孩子被家长牵着，拿只小水桶，从这里捞蝌蚪回家，观察它们慢慢长出四肢，蹦蹦跳跳，之后又放回到这里，告诉孩子青蛙是有益的动物，要放生。许戈觉得这做法很有意思。小时候父亲也这样带她观察过小蝌蚪变青蛙，现在她长到了中年，几岁大的小孩子们还在接受这样的教育，好像蝌蚪是诠释成长的必修课，人长大了务必要成为一个"益人"。可是，稍微长大一点的人都会清楚，"益人"不是生长起来的，并不是蝌蚪变青蛙那回事。现在是盛夏，青蛙已经蹲在石头缝里捕捉猎物了，有时也趴到莲叶上吐舌头。翠绿的莲叶几乎铺满了整个池塘，中间错落着若干朵粉色的睡莲。正午，睡了一夜的莲花精神饱满，面迎烈日，争分夺秒沐浴这酷热的阳光。她到了这个年龄才逐渐能欣赏睡莲，认为所有的花其实都应该像睡莲一样，昼开夜合，收放有度，开时不疯狂，收时不贪恋。

许戈要看的是那朵米色的睡莲。它挨在假山一角，相比起其它花型，它略小，但不局促，每一瓣都张开到极致，像伸长着手臂要想得到一个拥抱。前天夜晚路过池塘许戈就发现了它。所有睡莲都闭门睡觉了，独剩它还没合拢，月光照在花瓣上，比在太阳下更为耀眼。许戈站在池塘边看了许久，等第二天上午再过来看，发现它混在那些盛开的花中间，没事人一样，开得照样精神，看不出一点失眠的萎靡。

连续两天，许戈都来看这朵失眠的睡莲。迈过砌在池塘边那几块不规则的石头，近距离地看它。因为这个秘密，她觉得它也认识她了，在水中朝她点点头。

那张投诉表也不是没起到作用。入夜，对面阳台那盏奇葩灯开了之后，关了一次，约摸凌晨一点，又亮了起来。许戈当时正要进入睡眠状态，一阵强光扑到她的眼皮上，好像谁在窗帘外搭起了一个舞台，准备鸣锣唱戏。她尽力闭着眼睛，想死死抓住那一抹刚刚降临的睡意，但是睡眠已经趋着光飞走了。她沮丧地爬起来，索性把窗帘拉开，跟那盏灯对视。

是一盏戴着帽子的圆形落地灯，要不是被临时牵到阳台上，它应该站在沙发的一个角落，被拗成一个优美的弧度，散发着温柔的黄光，它应该照在沙发上跷着二郎腿翻休闲杂志的人头上，而不是像现在这样，照着空洞的黑暗。许戈的客厅里也有那样的一盏灯。朱险峰坐在沙发上，抱着吉他，客厅便只开那盏落地灯。他的吉他弹得不错，《five hundred miles》，忧伤正好跟头顶的灯光般配，淡淡的。一度，许戈以为他们的婚姻就会这样，偶尔关掉灯，弹弹吉他，对酌一杯红酒，到老了也还可以做这样的事。离婚之后，那盏灯就成了摆设，也没什么理由打开它，她看书会坐到书房的桌子前，正对沙发那面墙上挂着电视机，许戈根本找不到遥控器。倒是每次扫地的时候，她会仔细地将那灯的底座挪开，清理下边的灰尘。

　　对面那盏落地灯肯定换过灯泡，不是原配，LED 灯白得扎眼，灯罩又将光全都拢聚在一起，许戈能看清楚几乎要伸进阳台的几簇合欢树的枝叶，风吹过，影子就在墙上晃动，因为失去日照而收敛起来的合欢树叶，一副垂头丧气的样子。因为这强烈的灯光，本来从阳台那里能看进去的餐厅一角，陷入了一片阴影里。很多次她看到过那女人坐在餐桌一侧，有时吃饭，有时就那么坐着。再往前一些日子，她还看到过那个男人，板寸头，肩膀很平。吃饭的时候，男人话比女人多。后来，两人一起吃饭的场景许戈不再望得见了。

灯是从什么时候亮起来的？是许戈生日那天，周六。早上起床之后她窝在阳台的藤椅上发呆，她还没想好今天该怎么过，她更倾向于就这样掩耳盗铃，装作什么也不是地过掉。没有孩子的人是没有年龄感的。这一点她和朱险峰的感受一致，所以过去他们在一起的每个生日，几乎没什么仪式，无非到饭馆吃个饭，去商场买个礼物，大不了晚上他为她弹几首曲子，如果非说要有个类似切蛋糕那样的固定动作，大概在那晚必定会做爱算是一种吧。

女人坐在一楼绿化带那张长椅上，淡红色的合欢花落了一地，铺在她的脚边。这画面其实是很诗意的。不时地，会有一些女人，穿着袈裟一样空荡的棉麻裙子，坐在这棵树卜摆拍。许戈时常在微信里看到类似的照片，下边的评论免不了有人用到"文艺"这个词。不过女人坐在那里一点都不"文艺"，随随便便穿着一件阔阔的黑 T 恤，一条瘦瘦的黑裤子，脚上蹬着一双天蓝色的塑料拖鞋，垂头坐在那里，像是从家里赌气跑下楼的。

许戈很快发现她其实是在哭。没哭出声，只是不时地去抹脸，手的频率越来越密集。她看起来还年轻，估计三十岁左右，基于她因为吵架或者什么原因会跑到外边哭泣，许戈认为她有可能更年轻一些，二十几岁？

在阳台坐了一会儿，许戈回房间给自己泡了一杯红茶，打开电脑收到了她的责编的邮件。自从上一本写职场的小说改编了电视剧，责编就一直盯着她，这次希望她能写一本言情小说。"相信一定会大卖，根据我们营销部的大数据来看，目前言情小说的市场份额还是蛮大的，许老师您出手不凡，我和我们社长都万分期待您的言情小说。"许戈毫不犹豫地回复了过去：

抱歉，我没有写这类小说的打算，对于一个离婚女人来说，我对那东西更多的是怨言。我想你们找错人了，呵呵。

她甚至都不想把"爱情"两个字敲出来。有那么一段时间，跟这两个字相关的行为，例如看到有人当街接吻或拥抱，她会感到讨厌，看到手挽手说笑着走路的夫妻，她会从心里发出一声冷笑，有时这冷笑还从鼻孔里哼出了声音。她再也感觉不到夜的甜蜜。朱险峰像躲避瘟疫一样离开她和大班，留给她最后的眼神，就像在看一个罪人，根本没有办法将他和从前他们一起做过的可以称之为爱情的事联系起来。

惦记着那个哭泣的女人，许戈端着红茶又坐回到阳台。女人还在，不哭了，一动不动地坐着。许戈拿起阅读器，继续读耶茨那本《十一种孤独》，翻几屏，从栏杆的缝隙里瞄一眼楼下。许戈似乎对伤心事更能共情，她愿意默默陪她一会儿。

太阳从树的那端渐渐挪到了女人的身上，大概是温度升高使她感受到了时间，她撑直腰，站起来，慢吞吞地上楼。三楼，在楼道窗户，女人的身影分别出现了两次才消失。

之后陆续有人按响对面单元的门禁。来了不少人，都停留在三楼的楼道。后来，那栋楼的电子门索性被人不知从什么地方找来一块大石头压住，敞开着，好像即将要搬运什么大件家具一样。

搬出来的是一个大相框。由一个满头白发的男人抱在手上，那女人扶在相框的另一端。他们后边跟着一群人，显然跟刚才陆续上楼的是同一拨。相框里的黑白照片放得很大，吓了许戈一跳。板寸头，圆脸，很喜庆的模样，拍照时刻意收敛了笑容。

傍晚，许戈带大班出门遛。大班嗅着扣扣屁股的时候，扣扣妈就开始讲，五栋三〇二的那家男人在高速路上车祸撞死了，今天出殡。许戈脑子里立刻出现那张巨大的黑白免冠照片，板寸头，算起来今天她还是第一次看到过他的脸。"还没上车，在小区门口就差点打起来了。女方的爸爸不知道跟谁打电话，小声说了一嘴，说幸亏当时女儿没在那车上，男方那边人听到了……按说这想法也没错，但怎么能说出口呢，是应该烂在肚子里的秘密啊……"如果她们没牵狗，在马路上碰到，许戈通常只会跟她点一下头就走开。

许戈强制地把大班拉开了。她不明白为什么每次遇见扣扣，都是大班死皮赖脸喘着粗气去嗅人家的屁股。两只狗相互嗅屁股，辨认味道，等同于陌生人见面交换名片。不过它们可不是陌生狗。大班的主动热情总会让许戈感到受伤害，人们往往会将它跟自己的处境联系起来——她肯定跟大班一样孤独，迫切需要友谊，以及爱情。可是说真的，一个人生活，许戈并没感到有多么孤独。母亲之前经常催促她再找个人结婚。

"我不想再结婚啦。我有大班陪就可以了。"她总是这么应付母亲。

"可是大班会比你先走的啊。"

母亲去世的时候，许戈才领会她的意思——她也会比自己先走的啊。

就是在那天，对面三楼阳台亮起了那盏灯。刚开始许戈以为是遵循某种习俗，类似于"头七"，要为亡人留一盏灯，照亮回家的路。可是，已经一个多月了，他是不是早该回家了呢？

生日遇上一次出殡，照以往，许戈一定会生发出很多不祥的念头，至少会引出一大通关于"生命无常"的命运感慨。朱险峰一贯认为，写东西的女人很"神经质"，因为她们都是缺乏理性精神的"唯心主义者"。如果没有那封邮件，许戈的确是会联想到很多的，她的写作一直靠无限放大日常生活里的发现，这很受出版商的欢迎，他们认为读者依靠这些熟悉但又陌生的细节，找到了自己生活的影子。在确认那个责编没有继续回复自己邮件之后，她的邮箱里跳出了一封未读邮件。是医院发过来的。自从第一次在那家医院登记过，生日那天都会循例收到标题为：致朱险峰先生 许戈女士 的一封邮件。内容是告知他们在进行新的一次体外受精–胚胎移植手术前的注意事项，当然，重点在于提醒他们续交胚胎保存费用。最后免不了很公文地祝福他们生活美满。

他们要不上孩子。前面那两三年，是两人达成一致意见，先不着急要，过过二人世界再说，他们会在一年中有两次出国旅游，把整年的积蓄花掉一半。后来，他们就一直要不上。尝试过各种偏方，像医治某种慢性病一样小心调理身体，甚至托人去香港带多宝丸，还荒唐地将母亲在寺庙里求来的"观音送子符"供放在两个枕头之间的"安全通道"……这些事唯一的好处是使许戈本来偏瘦的身体变得健壮了。三十九岁生日那天，作为一种仪式，他们决定去医院做试管。在那张夫妻资料卡上，许戈留下了自己的邮箱，以方便日后上传更多的检查资料和身体情况说明。四年内，他们做了四次，配成了八颗胚胎，用掉了六颗，现在，在那家医院，还保存着两颗孤零零的胚胎，靠三千六百元一年的冷冻费存续着他们的希望。

这封邮件可以看成是两颗胚胎在找妈妈发出的啼哭信号？说不准就是这两颗中的某一颗，最终在许戈温暖的子宫里，着床，长出了脑袋、心脏、手和脚……

第四次，他们出发去医院前，朱险峰抱了抱她，希望她能够放平心态："这一次，小蝌蚪一定会找到妈妈，会慢慢地长出手和脚，蹦蹦跳跳。"许戈的紧张才有所缓解："就像小池塘里的那些蝌蚪？"两人愉愉快快地出门，好像许戈已经是一个妈妈了，在心里计划着给孩子的种种打算。然而，这次小蝌蚪依旧没能变成青蛙。

失败之后，朱险峰从朋友那里领回了大班，一只两个月大的萨摩耶。虽然没有找到什么医学根据，但许戈敢肯定，那些打进自己卵巢里的促排针，直接修改了她的荷尔蒙，她胖了一大圈，让人看起来就像一个饮食无度自暴自弃的女人。她变得苛刻和蛮横，易怒乃至歇斯底里，朱险峰指出她"失去了过去那种偏于善良的理解力"。他们默契地不去碰孩子这个话题，因为那样经常会引爆很多无关紧要的小事情，不是对和错的事情，只是生气和不生气的事情。大班成为他们的共同语言。他们共同照顾大班的吃喝拉撒，给大班吃精选的狗粮和零食。为了使它毛发更健美，他们在网上找食谱给大班做狗饭，并让出浴缸来给它洗澡。他们花很多时间陪伴它，跟它讲话，在大班第一次听话地把朱险峰的拖鞋叼到卧室的时候，他们简直有点喜出望外了。

每天下班后，他们牵着大班在小区里散步，偶尔会到"迷宫"里跟大班捉迷藏。大班看起来不是特别聪明。在"迷宫"里，如果重复几次在某个拐角藏起来，之后再从另外一个拐角消失，它会惯性地在第一个拐角处找，焦虑地嗅着刚才拉过尿的那棵扁柏树，直到他们等得失去耐心，发出些声响，它才能顺利地在另一个拐角找到他们。朱险峰嘲笑说大班这智商肯定是随许戈。许戈也笑着默认，想起十多年前他们在哈瓦那街头，朱险峰要看街头弹唱，许戈则想去逛工艺品店，他们约在拐角的那家麦当劳会合，最后，他们分别在两家麦当劳门口等了对方半天。那时他们还年轻，朱险峰还会担心她被哪个艳遇给拐跑了。许戈自认三十来岁是她最好看的年龄，她的身材还没有被促排针摧残，在薄薄的后背下方还能摸到结实的腰窝，足以让朱险峰有这种担心，不过，她不是那种到处撩骚的女人，她喜欢朱险峰，无论外形还是他那种怀抱吉他的"文艺范儿"，都很对她的胃口，在她的书里，正面的男主多少都有着他的影子。

有了大班，朱险峰加入了一个朋友圈组织起来的"狗友会"，清一色的男人，不定期带着自家的狗聚会。男人们聚会多半是为了交更多的朋友，喝喝酒，聊聊时政，幸运的交往会对自己的事业有一点帮助，再不济，暂时离开家庭的琐碎喘口气。聚会周期不定，基本上一个月会有一次，最远的地方是开车到离市区六十公里的郊外，在硕大的草坪上，跟狗玩扔飞碟的游戏。许戈在朋友圈看到了照片，朱险峰和大班趴在草坪上，姿势一模一样，就连表情都有点像了。

渐渐的，许戈发现朱险峰对大班的关注多于对她。

在大班绝育之前，朱险峰对许戈说："要给大班尝尝男人的滋味，让它做一回爸爸。"他在"狗友会"为大班觅到了一个合适的"情人"，是一只美丽的拉布拉多。他把大班送去那家住了三天。接回来之后，朱险峰比任何时候都心满意足，他抚摸大班的时候，脸上时常会不由自主地浮现出一种幸福的微笑，他坐在沙发上给大班弹吉他，唱"这是一首简单的小情歌，唱着我们心头的白鸽……"满脸温柔，好像对面坐着另外一个女人。这场景时常会让许戈生出一些嫉妒，她曾对自己的这种嫉妒感到吃惊和羞愧。但事实证明，这嫉妒同时来自于女人另一种直觉，这直觉甚至比大班的嗅觉还要灵敏。有一天，她用朱险峰的密码进入了他的微信，很轻松地找到了头像是一只拉布拉多的蒋夏朵的名字，然后又从蒋夏朵的朋友圈里，很轻松地搜集到了她的基本资料，包括单位、工作的内容等，还看到了她的父母。她长得略像她的母亲，说不上漂亮，许戈认为至少没有自己年轻时好看，五官过于清淡，脸型过方，所以自拍的时候大多选择侧面的角度。让许戈最受不了的是，在一次发布内容为"老公来了"的照片中，大班给窝在布艺沙发上的拉布拉多舔毛，半眯着眼睛，既享受，又忠诚。

三个多月后，大班成了四只小狗的爸爸。朱险峰把照片给许戈看，四只小狗眯着眼睛，拱在拉布拉多的怀里吸奶。那个时候，许戈已经确认这个被朱险峰称为"亲家"的"狗友"实际上是他出轨的女人。"亲爱的班爸"，蒋夏朵在微信里这么喊他。看着四只吸奶的小狗，许戈恶心得想吐，她终于揭穿了他的秘密，爆发出了所有女人遇到这类事情的共同反应。跟多数那个年纪的男人一样，朱险峰不想离婚，他对许戈反复保证，现在的家庭关系对他来说刚刚好，他们没有额外多出来要做的事情，他每天睁开眼睛并不会感到迷惘，一切都在按惯性走，他很安定，除了——偶尔会有一些莫名其妙的冲动。

许戈从来不承认自己是一个作家，她只是业余喜欢写点通俗小说，她出过三本书，内容都是职场故事，关于女人与女人、女人与男人之间的博弈。她不喜欢言情小说，如此看来，是因为她真的不能准确地理解并描写出那些"冲动"。当然，那三本书里少不了男欢女爱的情节，但那都不是重点，只是为了给小说增加些看点。她不擅长在书里表达自我，也有可能她对自我还不太确定。就朱险峰出轨这件事，她最终还是依靠一本小说找到了灵感。

植入大班脖子上那只项圈里的针孔窃听器，录回了朱险峰和蒋夏朵"在一起"的证据。听上去，朱险峰并没有向许戈承诺的"永远不再联系"的打算，他的声音轻松、愉悦、毫无顾虑，他们一起取笑绝育了的大班，反复问它想不想自己那四个孩子？朱险峰的话很多，像个出差一段时间回到家的男人那样，只是在蒋夏朵开玩笑说要给他生个小孩的时候，他没接一句话。他们沉默了好一阵。听到这个地方，许戈不确定这沉默是默认，还是百感交集到无语，最有可能是他们在这个话题之下酝酿着干起了"交配"的事情。

许戈从没想到过找蒋夏朵，她觉得没有多少胜算的资本，除了那张不知道塞到哪里去了的结婚证之外，她并不比蒋夏朵多出什么。她不知道要跟她怎么谈，以怎样一种语气跟这个年轻的女孩谈谈关于一个公务员"私德"的问题。事实上，听到他们谈生孩子的话题时，整个事情就发生了变化。她将录音内容发送到了蒋夏朵单位的官网邮箱，实名举报了该单位职工蒋夏朵的小三行为。她并没有预料到结局，在点击那个发送提示的时候，她没想到更多，就像是在给某个部门发送投诉报告，类似于向环保局投诉垃圾焚烧场的安全距离，向工商局投诉保健品乱标价等等，这些投诉往往都石沉大海，当然，在她过去的小说里，小职员搜集证据举报上司而获得了正义的胜利，但那仅仅是小说里的结局。

跳楼的结局很像一本小说拙劣的收场，潦草到让许戈难以置信。就像她每天打开手机，偶尔会跳出一桩关于自杀的新闻，理由往往简单到让人惊叹，也会让人绝对相信，死者在还没断气之前一定对自己的冲动后悔得要死。朱险峰向调查的警方说明，跟蒋夏朵最后一次因为离婚的问题发生过剧烈争吵，她从家里跑出去了，他没有追回她，他以为让她独自冷静一下，事情就会缓和下来。根据他的经验，他跟许戈无数次争吵最终都是这么"冷静"掉的。可是，他和蒋夏朵之间如鲜花盛开般短暂的爱情生活，谈何经验?

蒋夏朵的死亡使得这件事有了很大的反转。他们离得很干脆，没有任何条件，更谈不上任何纠缠，朱险峰连吉他也没背走，好像是一种冲动的赌气行为，又好像犯错误的是她一个人。在两年多的独居生活里，许戈置身于一种自我谴责之中。午夜梦回，她心里总是会响起一个声音——何以至此? 如同从某个小说结局开始倒推，一直推到故事的开端。

女人打开门之后，许戈看到了那张餐桌的另外一端。那一端的墙上，挂着一张大大的婚纱照，黑色礼服，白色纱裙，按照摄影师要求摆好的标准笑容。新娘跟眼前这个女人不是很像，过浓的妆使她比真人要老一些。

听明白许戈的意思之后，女人对许戈表示了歉意:"因为老公刚刚过世，我一个人住太害怕了。实在太抱歉了。"女人边讲边抬头扫一眼墙上的照片。

许戈理解地点点头，但还是表达了这些灯光对她睡眠的困扰。她提出了一个折中的办法。"可以换一种灯泡，那种光线柔和的灯泡，二三十瓦已经足够亮了。"许戈说的是那种落地灯原配的灯泡。

"哦，是的是的。我有那种灯泡。真的真的很抱歉。"女人已经道过好几次歉了，但听起来她似乎并没有采纳这个办法的意思。

"是这样的，可不可以再忍耐几天，我的意思是说，过几天我就会关掉的。"

女人的声音里完全缺乏她那个年龄的中气，跟她瘦弱的身型倒是很相符的，说到半途没来由会停顿下来，倒也不是出于谨慎。事实上，她说话一点不谨慎。不到一刻钟时间，许戈就被迫听到了一些关于她自身的事情。她在单亲家庭长大，一直跟父亲过，出事之后，本来父亲是要过来陪她住一段时间的，但是他们之间发生了一些争吵，她把他赶回东北了，不过，现在他们又和解了，再过几天，等父亲办好提前退休手续，就搬过来陪她。到那时，她一定立即把那盏灯关掉。

女人迫切地希望得到她的同意。

"要是不忌讳的话，您愿意坐下来喝杯茶吗？"

许戈原先没有这个打算的，但还是坐下了。

女人在茶几的抽屉里匆匆忙忙翻了一阵，想找那种一次性纸杯，但发现已经用完了，只好从另外的抽屉里取出一只青瓷杯子，解释说，这是给客人的杯子，我们平时都不用的。在走进厨房冲洗之前，她又对许戈强调一遍："他的东西我都整理打包了。"

许戈倒不在意这些。那个青瓷杯子很好看，有点像是日本苏山烧制的清水杯子，跟红茶的汤色极其相配。她大大方方地举起杯子，呷了一口。女人才放松下来，坐到了沙发的另一端。

这房子是小区里那种最小的户型，设计师为了保证从其他大房的每扇窗户都能看到树木，又不至于浪费地产空间，隔出这种小户型，均价比大户型要便宜三分之一，除了小之外，它的缺点是采光不够好，窗户都对着墙。

"我和他都是独生，结婚很不容易。他家经济条件不好，当初买这个房子，我爸用光了积蓄。装修是他们家的。"女人苦笑了一下。

"没关系的，你还年轻，可以重新开始。"许戈认真地看着女人。她长得挺好看，小小的鹅蛋脸，鼻子很直，梨涡浅浅，就算是这种苦笑，想必也是惹人怜爱的。

"明年三十了。"

"三十岁是最好的年龄。"

"说实话，我没有信心能过好。"女人摇了摇头。

"会好的。"许戈点了点头。

聊过一会儿，许戈提出要去看看阳台那盏灯。

"这个阳台是唯一能看见树的地方。我们也很喜欢这里。"女人的心情似乎振奋了一些。

站到阳台上，许戈一眼就看到了自己的家。同一侧的客厅、书房、卧室，统共三排窗，被楼下几株香樟树簇拥着，为了配合窗外的绿色，她特意挑选了奶油底色的花卉窗帘，从外边看起来就像一年四季都置身于春天里。许戈也看到了那盏挨着栏杆的落地灯。果然跟她家那盏一模一样，戴着一顶淡绿色的帽子，要是翻开底座的商标来看，说不定就是同一个厂家生产的。

"我们本来还有很多计划，先好好玩几年，然后再生两个娃。我想去希腊，他想去硅谷看看。他是个程序员。"

开始时都是这么想的。许戈伸手出去，拉了一下那棵合欢树的枝条，摸到了柔软的叶子，拉近看，羽毛一样的小叶片排列在叶轴的两侧，又细又密。

"这些叶子会不会长进屋里？"许戈觉得自己实在是没话找话。

"嗯嗯，我们一直都在等这些叶子长进来，应该会的吧。"

许戈点点头。阳台这里的确是这间房子最好的地方了。

她们往房间走回去的时候，又经过了那张餐桌，因为地方窄，只放了两张椅子。许戈下意识望一眼那个男人时常坐着的位置，心里一阵凄凉。

"你知道吗？合欢树的叶子跟其它树叶不一样，是昼开夜合的。"女人送她往门口方向走的时候，突然问她。

"哦，是这样的呀。"

事实上，从这个阳台上看不到许戈家的另外一侧，还有一扇窗子。那里是一间儿童房改造的属于大班的房间。大班住在里边，吃饭、嬉戏，他们给它买了不少玩具，还给它安装了一个两层高的狗别墅，大班喜欢窝在里边的海绵垫上睡觉。在那扇窗子的楼下，也有一棵高高的合欢树，隔一段时间，他们要用剪刀去剪断那些伸进来的枝叶，四五月份的时候，羽扇一样的绒花会跌落到房间里，要是不及时收拾，大班会去吃那些花。曾经在某一个春夜，因为花粉过敏，她和朱险峰带大班去吊水，在宠物医院守到天亮。

"有一阵，我们很好奇，要是晚上用灯光去照那些叶子，是不是就不会合上？就像在白天一样，如果时间长了，它们是不是就分不清楚白天和夜晚？我们说过要试一试的，嘿嘿，你觉得可笑吗？"回忆让女人变得话突然多起来，她看看许戈，又继续往下说："我们经常会有很多无聊的想法。可惜这个事情我们没能一起去做，我们有很多事情说好的都没去做……"

"我该回去了，我们养了只萨摩耶，现在没人在家。"许戈打断了她。

"哦，哦，好的，抱歉啊，耽误您时间了。"察觉自己的兴奋实在不合时宜，女人又向她道了一次歉。

在通往门口那条廊道的墙上，极有设计感地组合着一些小相框，一眼望去，相框里都是他和她，有单人，有合影，背景都不一样，是他们挑选出来的值得纪念的印迹。离许戈最近的那张，两人穿着那种海滩景点都在卖的黄花衬衫，衬衫上的椰子树跟他们靠着的那棵很相似。他们依偎着，背对蓝色大海。程序员笑得没心没肺，嘴巴咧得阔大，完全意识不到在不久之后，他命运的程序将会突然遭到修改。女人笑得很甜，专注地看向镜头，好像那一刻从她眼睛里看出去，无论是什么她都会爱上。照片里全是美好的瞬间啊。

要是在那面墙下再多呆一秒，许戈觉得自己可能会哭出来。分开那么久，她从没如此强烈地希望朱险峰能看到她现在这个样子。

他们找的那家医院环境很好，依着山。因为这里成功诞下了很多试管婴儿，在业界享有口碑，医院干脆以此特色为风格重新装修。相比其它远远就看到"急诊"两个触目惊心的大字并弥漫着消毒水紧张气味的医院来说，这里可以说格调温馨，几乎有点不像医院了。入口处的小院子里，布置了一个心形的巨大花坛，花坛里摆放应季的花卉。在花坛背后，有个小水池，长期叮叮咚咚地从一个瓦罐子里流出一股清泉，这些清泉落入池里，又继续循环进罐子淌下来。在这股循环的水流底下，立有一座水泥塑像，一对夫妻相向站立，额头抵着额头，四手相牵，手臂搭成一只"凳子"，上面坐着一个胖乎乎的小男婴。每次经过这个塑像，朱险峰都免不了要嘲笑一番，认为它过于具体，毫无想象力，更谈不上什么美感。这种时候，许戈总是会严肃地制止他，甚至隐隐迷信是否因为朱险峰的这种态度导致了他们的失败。这个实在毫无艺术感的雕像竟然曾经是许戈的图腾呢。

许戈在这座雕像跟前停了下来，她觉得应该告诉朱险峰一声，尽管在那份协议里，在那些打印好的一项项条款后面，他们用笔签下了自己的名字，但那毕竟已经是过去的事情了，那时候，她的意见就是他的意见。离婚后，他们一次都没就那两颗冷冻起来的"希望"进行过交流，他们很少联系，只有那么两次，一次是为了找到大班的注射疫苗记录本，另一次是许戈母亲去世。

"我现在在医院，打算按照协议上的处理，将那两颗胚胎销毁。"

打出"销毁"这两个字，许戈心里颤了一下。她应该用一个温和的词。在她写书的时候，她的词汇还算丰富的，有时候故意不去选择智能输入联想出来的词组，这样会显得她更为讲究一些。她的手指停了下来，推敲着，手机屏幕乌下去又亮起来，亮起来又乌下去，几个回合，她还是想不好一个相近的替代词语，似乎再没有比协议上这个词更为准确和直接，在他们一起做的最后的这件事情上，她不希望跟他有任何歧义，甚至出现一点点理解上的误差。

"按照你的意愿办，我都接受。"那边几乎是秒回。是看不出一点情绪的回复，更看不出对这个词有什么不快。

许戈对着雕塑抿了抿嘴，那感觉非常熟悉。过去的婚姻生活里，在某些时刻，她总会为自己这些多余的担心而感到后悔和受伤。

核对过许戈的身份证和离婚证之后，护士调出了当初他们签的那份协议，在一张授权书上让许戈签上自己的名字。按照协议，夫妻双方离婚后，同意将剩余的胚胎授权医院进行销毁。

"我想问一下，销毁是怎么做的？"一直以来，许戈只对胚胎移植成功之后的状况进行过细致钻研，她查找大量书籍，并加入了好些个准妈妈群，旁观她们的交流，她清楚胚胎着床之后孕妇的各种注意事项，药物辅助，饮食护理，也清楚胎儿在腹中每一个月的变化以及孕妇应做的种种配合，她甚至懂得如何育婴。但她从来没有想过要去了解，"销毁"的医学所指。"胚胎是无意识的生命"，她不知道是谁先说的这句话，被很多准妈妈像格言一样引用。他们将怎样去销毁这两颗生命？一路联想下去，许戈惊心动魄，手心里的汗让她几乎握不稳手中的笔。

年轻的女护士抬起头看看她，向她展开了一个职业的微笑："等于进行安乐死。"平静、淡漠，不容置疑，天晓得这句标准答案从她嘴里说出过多少遍。

许戈对这个答案并不满意，也没有获得些许慰藉。在走出医院的路上，她一直按照字面去琢磨：冷冻胚胎，即胚胎在零下一百九十六度的液氮环境中得以存活。反之，她和朱险峰的那两颗"希望"势必将会在解冻的温暖中渐渐失去生命力。她更愿意这么不靠谱地去理解。

那朵失眠的睡莲终于收拢起了花瓣，比其它花收得更紧致。许戈去看的时候，感到有些失落，好像她和它之间失去了某种联系。第二天中午，她又去看，满池苏醒的花朵，开得欣欣向荣，尽管有一些已经开始步入凋零，萎谢的花瓣落到了叶面和水面，但还是挣扎着盛开了。那朵花竟然还在睡，对灿烂的阳光毫无知觉。看起来，它的花瓣还没有松动至跌落的迹象，倒是被一些什么力量收紧着，像一只握起的小拳头。或许它是醒着的，只是捂着一些孤独的秘密，等到想好之后，它会再张开。许戈想，应该等等看。

Chapter Two

跑 风

年三十夜饭散席后，高富春喝大了，坐在冰凉的晒谷坪上，开始骂。"高茉莉，你个神经病，为了一只畜牲，年夜饭不吃你回来干卵啊……"

老大发酒疯是保留节目，就好像在东莞厂子里积攒了一年的怨气，窝成一泡稀，拉在光秃秃的晒谷坪。这种时候，谁都不会当回事，照旧把饭桌清理好，稀里哗啦推麻将，即使他坐在月亮下嚎哭起来，都没有人去拉他一下。疯过了，酒醒了，他拍拍屁股坐到桌边，指挥人家怎么抱着钻跑风，嗓门比哭的声音还粗。

直到高富杰在屋里喊："大哥，老娘跑风。"

高富春从地上弹起来："老娘，跑三圈，整死他们。"他边跑边哇哇叫，像被一串鞭炮驱赶的年。

高富春刚挨近桌子，老娘一推牌："家家五十。"

"糟掉了糟掉了，跑三圈，家家一百五……"看见高富春肉痛的样子，桌上的人笑得更开心，好像家家都赢钱了似的。

往后备箱塞满在超市买好的年货，玛丽才有一点过年回家的兴奋。雪儿待在猫包里，隔着黑纱盯着她，她从满满当当的袋子里，找出一只罐头，朝雪儿晃了晃："知道了知道了，妈咪没忘你的罐头。"雪儿始终歪着脑袋，它的智商多数来自习惯，对于这只猫包，它只习惯去宠物医院打针或美容。

四五小时的旅途，雪儿大概被吓傻了，不吃不喝不拉不撒。玛丽每一句自言自语，对象都是它，跟在家的时候一样，但一路上玛丽没听到它应答一声。

这是玛丽带雪儿第一次出远门。她在那个萌宠公众号，花七十九元咨询在线医生，关于一岁四个月布偶猫出远门的各种注意事项。"宠物猫是家庭性动物，出门会使它严重缺乏安全感，造成烦躁不安，必要的时候，可以喂食少剂量安眠药。"在线医生职业地称她——雪儿家长。她带了一粒安眠药，不过，似乎用不上。

在服务站，玛丽停车，试图把雪儿抱出猫包，放放风。它拼命挣扎，世界这么大，它只想占住这个小地盘，窝在里边，一声不吭。玛丽找个空旷处，做几个伸展运动。高速路上没几辆车开过，一眼能看到路尽头洁白的云朵，就像雪儿蹲在那地方。服务站的垃圾一片狼藉，可以想见前两天的拥堵。玛丽朋友圈里各种直播，平时三小时的路程，昨天足足开了十三个小时。要是堵在路上十多个小时，雪儿说不定会被憋死。她跟老娘说，今年不赶年夜饭了，初一一早回。老娘丝毫不能理解，最远的儿子都已经从广东回来，高铁上站一程坐一程。玛丽离得最近，年夜饭竟赶不上。但老娘也不敢多问。四个小孩中，三个都在工厂打工，只有玛丽穿着高跟鞋坐办公室，走路的的笃笃有威有势。

车子碾着铺满鞭炮屑的山路，一颠一颠停到了晒谷坪上。

高富春耳朵比谁都尖，从西厢房跑出来，待后备箱一翘起，他就忙着把东西一趟一趟搬到屋里。

玛丽下车只做一件事，抱着猫包，跟屋里走出来的人打招呼。

"我滴个乖乖，像抱小伢。"姐姐高迎春穿一件嫩粉色羽绒服，肯定是她女儿淘汰过来的，脑袋快被帽子一圈夸张的人造毛淹没。老娘应该是在准备祭祖的猪头肉，厚棉袄外罩件油渍渍的围裙，双手油腻，她凑近猫包去看，里面黑乎乎，只看到一团白影。如果这会儿老娘要伸手进去，估计雪儿会张大嘴巴，发出嘶嘶的威胁，一旦猫包被打开，它就会惊慌出逃，挣脱所有人，像风一样，跑得无影无踪。在线医生说，猫咪到了陌生环境，必须跟家长在密闭的空间待一段，慢慢适应后，才能独处。

玛丽抱着雪儿直接上二楼自己的房间。带来的猫砂盆、食盆、猫窝，一应摆好，把所有门窗锁得牢牢。单独相处了一会儿，雪儿的好奇心才恢复过来，身子压得低低的，开始用鼻子东嗅嗅西嗅嗅，在房间小心翼翼地"探险"。它对墙角那只褐色的酸菜坛子很感兴趣，嗅半天，嘴巴半张，狐疑一下，将这些新奇的气味通过上颚收进犁鼻器，继而传递到大脑里，进行辨别和保留。玛丽查过百度，了解猫的"裂唇嗅反应"全过程。买了雪儿之后，玛丽认真学习了很多育猫知识。

待了半个多小时，玛丽才下楼。厅堂里早已坐满了人。她警告那几个吮着棒棒糖的小屁孩："不许开我房门啊，听到没有。"她的手朝天花板上指了指。屋里人不约而同朝天花板上望一眼，好像楼上住了个不能打搅的神经病亲戚。

这些人多半是过来看猫的，算起来都是七拐八拐的亲戚，玛丽不好意思拒绝，分批带他们进房间。看到陌生人，雪儿又缩回那只黑乎乎的猫包，只有玛丽把它抱在怀里，人们才能看到它。他们都恭维玛丽，说从没见过那么漂亮的猫，两只眼睛像湖里面的水。来看的人越来越多，高富春开玩笑嚷着要收他们的门票。

其中有个堂嫂，在南京给人上门做钟点工，一眼就认出了雪儿。"我滴个乖乖，是布偶猫。"她每周四下午给那家搞卫生，有只一模一样的，说是布偶猫。毛比人的手指还长，还没入伏，就给它在卧室开冷气。这是她最难搞的一家卫生，所有地方得先用吸尘器吸上一遍，再用湿拖把拖。主人强调每个角落都要擦干净，因为那只胖猫专挑角落旮旯睡觉。好几次，那个不用上班的女人指着阳台上挂得高高的热水器说，要重点擦这顶上，肉松这段时间特别喜欢跳到上边睡觉。害得堂嫂的恐高症发作。

堂嫂不断抱怨着那家。玛丽的弟弟高富杰听不得唠叨，从椅子上一蹦老高，龇牙咧嘴打断她："要是我，就把它毛一把烧掉。"其他人也跟着起哄，皮一剥，老酒辣椒青大蒜，红烧老猫。

"烧掉？你赔得起？一万多哩。"堂嫂话一出，所有人都静下来了。高富杰转头问玛丽："高茉莉，你这猫一万多？"他一根食指伸向天花板，半天都没放下来。

玛丽眨着眼睛，蹦出两个字："乱讲。"公司里坐在她对面的特蕾莎，划拉着雪儿的照片问，这种母的布偶要多少钱呀？玛丽毫不犹豫告诉她一万八。现在，这些人一只只眼睛盯着她，她死都不敢承认。姐夫在山里收购蜂蜜，亏本欠下一万二的债，玛丽没借给高迎春。高富春想跟人合股做茶油生意，借三万本钱，玛丽也没借。玛丽上班领薪水之后，老爹曾在某一个年夜饭桌上，以一家之主的身份立下过规矩，除非救命，一律不能向玛丽伸手。十来年，玛丽借出去的钱没救过谁，零零星星地给了出去，给了出去就没指望能要回来，只是赢得了他们对她的宽容，比如说回家从不进厨房烧锅，饭后从不涮碗，家族炮旗日吃饭的时候，她是允许上桌同吃的唯一女性，甚至，为了一只猫缺席年夜饭——高富春发酒疯对着月亮骂她的话，玛丽回到家并没有再听到半个字。

很快，他们从猫讲到了钱。搞钱越来越难。人堆里最显眼的那个堂妹，搽着厚厚的粉，黏着长长的假睫毛，因为裙子太短的缘故，一刻都不愿离开火桶——只有她没上楼看猫。堂妹代替雪儿成了话题的中心。她才去杭州两年多，就能挣到一辆车子，弄得高富杰几个心痒痒的。他们围着堂妹问来问去。电话里卖卖保健品就能搞到钱？

闲扯到下午四点，高家出发祭祖的时辰就到了。屋里的人陆陆续续散去。这时，玛丽才见到老爹。跟每一年回来所见的形象一样，穿着那件"万年防水棉服"，棉服的几个兜永远鼓鼓囊囊，好像他把重要的家当都背在身上，随时可以到处去——菜园、鱼塘以及后山那片杉树林，让人怀疑他在这些地方似乎还有一个家。老爹手上拎着一只湿漉漉的鱼篓子，大概是从鱼塘回来。玛丽觉得，老爹越来越像爷爷了。

高富春和高富杰熟练地拿上母亲备在门背后的几个篮子。晒谷坪外，已经等着大伯、小叔那几家的男丁。一行男人往后山走去。玛丽忽然想起什么，小跑几步跟上老爹，从羽绒服的口袋里掏出两包烟，让他捎给爷爷。黄鹤楼 1916，她公司的老板只抽这种，她在公司楼下烟店买的。

屋里只剩下了高迎春和老娘。玛丽脱了皮靴，将脚伸进火桶里的隔板，底下的炭是老娘刚加进去的，热度适中，就像冬天把脚放到雪儿肚子上。

其实玛丽特别想跟他们去看爷爷。但上山祭祖的规矩，绝不能为玛丽打破。女人要是上了坟山，带去阴气，祖宗便没法好好保佑后代。事关命运的纪律，哪一辈也不敢乱来。

没几句，老娘又提到结婚生伢的事情。玛丽三十六岁，要是在农村，儿子都准备出门打工了。

高迎春认为玛丽养猫，是因为想结婚当娘了。"养猫不如养伢。"她女儿在横店卖奶茶，儿子高中读不下去了，准备春节后跟谢富春到东莞打工，年前她特意到县城超市给他买了新鞋子。

玛丽低着头，有一搭没一搭地应。她们看看玛丽的脸色，也不敢跟她讲重话。

身子一暖，玛丽瞌睡就浓了，靠在椅子上打了个盹，模模糊糊还听到她们讲话的声音，忽然就看到爷爷了。驼背，脸色蜡黄，还穿那件四口袋的灰色中山装,肩上背着箩筐,站在山坡拐弯的地方喊玛丽:"三儿,烟好吃,就是太少喽。"讲完,转过坡去。玛丽一急,醒了。

"离婚是为了躲债,还是住在一起的。"高迎春朝老娘挑了挑眉毛。玛丽瞌睡之前,她们就在讲这个表弟,赌博输了二十来万,债主天天来家里堵,表弟媳索性跟表弟离婚,催债的人一上门,她就拿出离婚证给那些人看,表弟的债表弟自己背,跟她半毛钱关系没有,表弟就算死在家门口,她都不会开个门的。那些人就不再上门了。表弟东躲西藏,隔三差五敲门回家,过年一家三口也回娘家。就是离婚不离家的。

"十个穷鬼九个赌,越穷越要赌。"老娘长叹一口气。

"梦到我爷了。"就这么醒来,玛丽很不情愿。

"你爷讲话了?"老娘生怕备的东西少了哪样。

"嗯,我爷说,烟好吃,就是太少了。"

"这个老烟鬼,一箩筐都不够他抽。"老娘一颗心放下来。

她们又聊起了爷爷奶奶，还有村里旧年过世的几个亲戚。

玛丽跟爷爷最亲。爷爷去世的时候，玛丽工作招聘面试，没能回家送。谁都知道，爷爷是最想等她的。最后那几天，瘦得剩一把骨头的爷爷，肝腹水，肚子撑得滚圆，就连一口水都难吞下，还拼命要喝粥，并且要喝那种黏稠的硬粥，三九严寒天，他却吃得衣服湿透，好比三伏天挑一担稻谷。家里人以为他是在攒力气等玛丽。死后给他抹澡，裤子上黏着零星几粒屎。老爹抹着眼泪说："他是拼老命要给这个家留福。"乡村里有一个讲法，家里老人去世时，留尿是贫，留屎是富。一个月后，玛丽顺利进入了上海这家外企，成为高家第一个领洋工资的人。老爹说，玛丽的福气，都是爷爷留给她的。大家都这么认为，这样，他们向玛丽借钱的时候，思想负担不至于重，他们在麻将桌上合力赢走玛丽的钱，同样心安理得。

后山上传来一阵集中的鞭炮响。老娘像收到信号，将手上嗑剩的瓜子一把揣进口袋，拍拍手，往厨房去了。高迎春跟在后面。

因为玛丽，年初一晚饭才能算是高家真正的年夜饭，高迎春破例初一留在娘家，帮忙张罗。玛丽想着是否要上楼看看雪儿，但火桶实在太舒服了，她的屁股舍不得挪走，就拿起一片芝麻糖，边吃边看微信。

又过一阵，男人们从后山回来了，说说笑笑。玛丽一眼看过去，每人两边耳朵上都夹着烟，金灿灿的烟屁股，黄鹤楼1916。玛丽一阵心酸。如果再坚持几年，她把爷爷接到上海治病，现在他应该还可以坐在火桶上，眯着小眼睛抽黄鹤楼1916，谁都不敢抢。

比昨天晚上多出了好几样菜，酒重新开。高富春眼看又要喝多了，他大着舌头问玛丽，你那猫真有那么贵？一桌的人都不响。高迎春左右看看，干笑几声，"大哥，你伢贵不贵？你说贵不贵？"高富春酒杯往桌上重重一放，"你讲什么鬼话，我伢是畜生？我伢畜生都不如？你讲什么鬼话……"玛丽觉得高富春都要哭出来了。她很想逃跑，跑上二楼去抱雪儿，让它的蓝眼睛温柔地看着自己，就像过去那些日夜一样，在上海的那间出租小屋里，四目相对，相依为命。

老爹碗一推，从凳子上站起来，他那一贯含着痰音的话，仿佛挟着雷声滚过来："不准喝了。"

饭桌换成麻将桌的时候，高富春酒劲轻了些，他第一个坐到东边椅子上，高富杰、高迎春也自觉坐到他两边。对面那个空位置，明摆是留给玛丽的，其他人就趁机散到隔壁家凑牌脚去了。等了一会儿，玛丽还没下楼，高富杰敲着桌子一直喊高茉莉。过年回家打麻将似乎是玛丽的一种义务。不从玛丽身上赢个千把两千，他们会觉得这个年没过好，像去做客酒没喝好一样不爽。

玛丽只好把怀里睡得暖乎乎的雪儿抱回猫包，即将脱手的那一瞬间，手上感觉到一阵刺痛。雪儿软绵绵的肉掌，有意识地伸出了爪子，紧紧地钉进玛丽的掌心。

疏于操练，玛丽的麻将技术不是很好，但也不至于白痴。高富春刚丢出的一个幺鸡，如果她一推，就胡了，她懂，但是她饶了他。总之，输钱就是了。

输掉几圈之后，老娘端张椅子坐在玛丽旁边指导。高迎春那只九万刚送出来，老娘就喊，胡！喊出去了，玛丽想不赢都不好意思。

农村里有句老话，"技孬牌旺"，玛丽果然总是能摸到顺牌，一上手就有天地胡的迹象。如此，在老娘的监督下，玛丽轻松赢回几番。他们就开始抗议老娘，嘿嘿，老娘，五人一桌麻将，还真稀得见了。老娘厚脸皮稳坐军师位，笑着说，你们合起来欺负妹妹，还不得了了。高福杰一听就嚷，高茉莉是我姐！又朝坐在火桶边抽烟的老爹投诉老娘偏心。老爹原来一直都在那边听牌，心里有数，他不搭腔，只是笑出了一口痰，朝炭火堆里吐去，刺啦一声响。

这几圈玛丽觉得挺来劲的。打麻将果然要赢钱才有意思。不过，她不太能理解，老娘为什么要帮助她，在她工作之后，他们习惯了向玛丽寻求帮助——准确地说是资助，他们自然地认为玛丽是不需要帮助的。

第四只发财抓到手上时，玛丽心跳不已。才摸两轮，她就凑齐了四只发财。这一局庄家翻到的钻是发财，现在她手上拿了四只钻，如果她愿意，下一秒就可以胡任何一张牌。她看一眼老娘，老娘面不改色，一把从玛丽手上夺过那只发财，紧紧握在手心，像跟谁宣誓般大声喊出两个字：跑风！三人被老娘的大嗓门吓了一跳。牌没摸满两轮，就跑风？高富杰探过脑袋来要看牌："老娘几个钻啊？"他被老娘狠狠地推了回去。

如果跑风者不叫停，在没有一家胡牌的情况下，可以一圈一圈跑下去。赢三家，按圈数算钱。

玛丽跑了三圈，分别扔出三筒、二条、八万。他们一个个竟然都接不上，搓着手上刚摸起的那只牌，干着急。跑到第四圈的时候，玛丽感到不好意思，当然更怕夜长梦多，她跟老娘说，胡掉算了。可是老娘死死拽住那只发财，只顾继续喊"跑风"。玛丽从来没看到过老娘那样的表情，倔强，笃定，甚至有着豁出去的大义凛然。那表情，让玛丽觉得她手上握住的不是一只麻将，而是一只自卫反击的武器。

邪门的是，一圈一圈跑下来，他们几个摸牌又扔牌，居然没人能成功截掉玛丽的胡。桌上的气氛有些严肃。玛丽的手心开始出汗，同时暗暗地感到刺激和兴奋。高富春站起来对老娘说，有本事跑个十圈看看。

第六圈，玛丽刚摸进一只五万，老娘迅速把那只发财往桌上一敲，胡！就像士兵听到了命令，玛丽顺势将胸前的牌一推，长出一口气。

尘埃落定，他们哇哇叫。高富春不甘心，又顺手摸起一只牌，"他妈的，等的就是这只屁眼。"说完，瘫倒在椅子上，手上一只大饼甩落桌上，真是只白底红圈的屁眼。

"家家三百。"老娘得意洋洋。高富春他们开始耍赖，说牌是老娘打的，不算。高迎春甚至栽赃老娘起先搞小动作，偷偷从桌上换了只红中……各人都不认账。高富杰干脆把火桶边的老爹拉了过来当裁判。老爹没下结论，在身上几个口袋里摸索，大家以为他要代为付钱，谁知最后摸出只手机，说，你们哪里打得过老娘？你们不在家，她天天在这里面打，机器都能打赢。

于是大家开始讲老娘玩手机看抖音的各种笑话，又讲老爹打麻将当"总支书记"的笑话。麻将就算是结束了，大家围到火桶边坐，嗑瓜子，吃冻米糖，默契地赖掉"家家三百"这笔债。在日后，玛丽的"家家三百"仅仅成为嘴巴上赢去的钱，高家村家家都传遍了。

玛丽把雪儿从楼上抱下来。暴露在那么多人面前，雪儿惊慌得想要挣脱。高迎春急急将前后门窗都闭了，嘴里碎碎念："我滴个乖乖，跑出去，一万多就飞掉了，我滴个乖乖。"也怪，雪儿被高迎春一抱，竟然就没有挣扎的意思了。高迎春坐得离火桶最近，一暖和，雪儿连打几个呵欠，喉咙里发出惬意的咕噜咕噜，眼睛迷离，慢慢放松了警惕，睡去。

老爹看着雪儿说，没见过这么好看的猫。

他们都过来要摸雪儿身上的毛。真的有手指那么长。高富杰拿自己的手指比过去。

"这猫会抓老鼠？"高富春问玛丽。

玛丽说，它哪里见到过真老鼠？倒是买过电动老鼠，玩两天就腻了。

玛丽给他们讲雪儿各种好玩的事。说有一次在屋里抓到只臭屁虫，臭屁虫放一只屁，把它熏得干呕，很长一段时间见到虫子就逃。

高富杰刮刮雪儿的鼻子，骂它胆小鬼。雪儿就势把脑袋一歪，不明就里，只睁大眼看着高富杰。那无知的呆样，看得大家欢喜。

后来玛丽又讲到雪儿第一次去宠物店洗澡，好不容易洗好，还没擦干，就拉了一泡稀在人家手上。高富春趴到高迎春的膝盖上，拍着雪儿的后脑勺，骂这个矜贵的家伙。雪儿被拍得舒服，在高迎春怀里打滚，肚皮朝天。高富春顺手拿根棒棒糖在雪儿眼前晃晃，雪儿用小短手去扑。玩了几个回合，高富春嘻嘻笑，"嘿，真像个小伢。"

因为门闭着，谁也没留意，外边开始飘起了细雪。

第二天早上，玛丽还在被窝里，就听到楼下老娘不知道在跟谁说，裤子都站起来了。昨晚的雪落在忘记收进屋的裤子上，一夜结冰，裤子自己站起来了。玛丽脑子里想象着那两根光棍一样的裤子，硬邦邦地站在雪地上。是高富杰的牛仔裤吧？她笑清醒了，伸手在被子上一把摸到了还在睡觉的雪儿。

"雪儿吃鱼不？"老娘指着桶里那几条活蹦乱跳的鱼问玛丽。鱼是清晨老爹到湖里，敲开薄冰，用鱼线钩上来的。她不知道该拿去红烧还是清蒸。村里流窜到灶头的那些猫，她杀鱼时顺手从肚子里掏一把内脏，擤鼻涕一样甩在泥地上，猫边吃边嗷嗷地谢人。

雪儿只吃猫粮和罐头。

老娘从玛丽手上拈起一粒猫粮，放嘴里嚼两下，吐出来。一点都没味道。老娘摇摇头，走进厨房，将桶里那几条鱼杀好，放锅里焙干水，喷酒抹盐，用草绳穿好，挂在二楼阳台窗外风干。

那些过来拜年的亲戚，刚踩进晒谷坪，经知情人指导，多半能抬头看到一只雪白的胖猫，蹲在二楼窗台上，仰起头，盯着头顶上那几条鱼。雪儿对这些鱼的热情保持了很久，只看，不吃。玛丽将这个镜头拍下，又将雪儿的蓝眼睛做特写放大，放在朋友圈。特蕾莎在下边留言：妈咪，这是什么鬼？辛迪更搞笑，留言说，猫被鱼吓蒙逼了。

玛丽抱着雪儿在窗边看风景，就像在上海那扇窗，夜深人静，一起看街上还没打烊的霓虹灯，星星点点。她看过一本宠物护理书，说二十米以外的东西，在猫的眼里只剩下一个模糊的形状。就算这样，雪儿还是乖乖陪她看。

玛丽指给雪儿看西边不远处那座馒头一样的小土山。雪儿在她怀里，安静，看着远方。估计只有小土山动起来，它才能得以准确看到玛丽的所指。可是小土山周围就连一只鸟都没有飞过。

她猜，从雪儿的眼睛里看出去，小土山就像只快融化掉的香草味冰淇凌球。

玛丽眼睛里的小土山像什么？这么看过去，简直就像拱出地面长出菱草的一座坟。玛丽被自己这个想法吓了一跳。二十多年前，小土山可是她们这些小孩子开心的游乐场啊。海拔不到两百米的小土山，只修出一条上山的小路，但小孩子们进山从不走小路，野路探险，爬爬跌跌，没有路的林子里往往能找到好东西吃，地捻子、红叶李、金钩钓、牛串子……当然，不止这些。这小土山还藏着玛丽和爷爷共同的秘密。初中毕业那个暑假，玛丽没考上县重点高中，老娘说，不读了，攒下钱留给高富杰试试，总之高家从来就没出过读书人。玛丽哭闹，绝食，离家出走，钻进小土山，躲在一个隐秘的泥洞里，哭到睡过去为止。蒙眬间听到好多人在喊她的名字，看到灯火在林间远远近近。她被吓傻，知道闯祸了，怕钻出去会挨打，没敢应，闭着眼睛躲在里面，心里盼望这座小土山能一下子飞起来，带她飞得远远的，甩掉这些愚蠢的大人。等到人声和灯火逐渐消失，她借着月光走上小路，在出山口的地方，远远看见爷爷提着防风灯走过来。原来爷爷其实已经发现这个躲在泥洞里的小人儿，人散后，再折返回来接她。爷爷对老爹说，是在瓦塘村同学家玩得忘记了时间。

说服了老爹和老娘，依靠爷爷去腾龙山采野灵芝、养蜜蜂之类的帮补学费，玛丽紧巴巴读完了高中和大学。爷爷让玛丽努力学习，别担心钱，他说，腾龙山就是储蓄所，进去就能取到钱。腾龙山玛丽只去过一次，离高家村三十多里路，人走到山边就已经精疲力竭，不要说爬上山。爷爷背着箩筐消失几天，又在某个傍晚带着一身寒冷的水汽进家门，这印象灰扑扑地充满了玛丽整个读书时代。现在，再也没有人去腾龙山"取钱"，有力气不外出打工搞钱的人，会被耻笑没用。

盯着小土山看了好一会儿。玛丽想起前几年跟特蕾莎去万达影城，看《哈尔的移动城堡》。一部日本动漫竟然能把她看哭。苏菲眼看亲爱的哈尔受难，驱赶移动城堡去追寻哈尔，根本不知道哈尔变成了怪鸟，保护在自己周围。玛丽哭得有点难为情。特蕾莎说，她小时候看到这里也哭，现在重看倒没那么要紧了。特蕾莎第一次看《哈尔的移动城堡》是十五岁。十五岁，就是玛丽躲在小土山里哭的年龄，她那时什么都不懂，只希望这座小土山能飞起来，帮她脱身。如果不是爷爷的坚持，她可能到现在都不懂这世界上有一座"哈尔的移动城堡"，就像高富春他们一样，到现在都不懂高茉莉在这世界上还有一个名字叫玛丽。

怀里的雪儿一阵骚动，两下挣脱玛丽的手臂，像发现什么猎物，敏捷地蹿向桌子。那面墙上不知从哪里来了一块小光斑，引得雪儿上下乱扑。顺着光斑的来处，玛丽看见隔壁佑生伯家的晒谷坪上，坐着一个女孩，正借着阳光反射手机屏幕。她应该是想把光射到雪儿身上的，没控制好，光进屋，雪儿也跟进屋了。

女孩是生面孔，被玛丽发现后，羞涩地笑笑，手机收进口袋。玛丽朝她挥挥手，她又笑笑。女孩不怕冷，坐在一张小板凳上，长长的羽绒服像披了张被子在身上。放下手机，她就剥跟前的棉花,白色的棉花放进篮子里,褐色的棉花壳则放在簸箕上。看起来,倒不像是来佑生伯家做客的。如果换掉那身被子,她不会比走在淮海路上的女孩差。玛丽头一回发现村里还有这么好看的女孩。

刚想下楼去看看那女孩,玛丽就听到了大舅进屋的声音。年初三,外甥们按惯例要提着礼物到瓦塘村给大舅拜年,今年,大舅给老娘打电话让他们不要来,他要来看猫。

外公外婆相继去世,大舅的地位甚至比老爹还高,如果不是因为表哥前年聚赌被拘留,玛丽出钱到县公安局交了罚款给放了回来,他说话还会更响。老娘让玛丽把猫抱下楼给大舅看,并吩咐高富杰把门窗都闭上,将屋里的灯拉亮。大舅看这阵势,嘲笑说比接皇后娘娘回家还隆重。老爹难为情,让高富杰把门打开一点,"过年闭门,不像话。"高富杰只好又留出巴掌宽的门缝。

"就这猫?好几万?"大舅的手在猫的背上、屁股上不断拍打,如果不是雪儿躲闪后退,他估计会把雪儿那条粗壮的尾巴拎起来看看,就像在集市买活鸡,鸡脚朝上一拎,一口气吹开屁股的羽毛判断是不是绿便病鸡。

"大舅，纯种的布偶猫，市场上根本看不到。"高富春骄傲地说。

"给三皮家那只配个种，生一窝，不要多，几千块就够了。"大舅笑着点起了烟斗。

"母的，早阉掉了喽。"

"糟掉了，糟掉了。"

看起来，雪儿很不喜欢大舅。它被他拍得极其不爽，生气了，往桌子底下、后门，甚至暗绰绰的厨房蹿去，高富杰和高富春两个负责前后堵截。玛丽也不敢说什么，只暗暗期待大舅早点转移对猫的注意。

大舅开始和老爹聊医保的事情时，雪儿忽然一阵狂颠，往墙上蹦了好几下，又跳到桌子上。那只光斑又出现了，像穿窗而入的蝴蝶，一跳一跳，从墙上落到柜门上、神龛上，最终又落到窗边。雪儿忘乎所以，追追扑扑，但每次都落空。"蝴蝶"迅速跳动，来无踪去无影。被戏弄一番，雪儿竟恼羞成怒，冲着四壁嚎叫，像一只被囚禁多时失去耐心的兽。在人们还没完全反应过来的时候，它追随"蝴蝶"跑到门缝边，脑袋一拱，四肢一跃，跨过门槛，像一道影子，消失在门外。这些动作如此连贯，毫不拖泥带水，仿佛这门外的世界已被它觊觎多时。

一层残雪铺平的泥地，洁净、明亮，这大概是雪儿跑过的最辽阔最平坦的世界了。没有门，没有窗，没有墙，它跑得像风一样，没有半点约束。它的胡子放弃了丈量空间的功能，翘得高高，它粗壮的尾巴像旗杆一样竖起来，它身上的白毛随着风速耸动，像将军骑马抖动的披风，这耸起的毛发使它看起来比平时壮大了一倍多。很多次，玛丽回忆起雪儿这个奔跑的场景，认为当时它一定是发出了银铃般的笑声。

雪儿仿佛将身后一声声尖叫和追赶的脚步声当成了战鼓，催促它跑得更奔放。一下子，它就跑到了那个女孩旁边，不过，这场刺激的跑风已经让它彻底遗忘了光斑之类的低级游戏，它被羁绊下来，只是为了女孩脚下那一团团毛茸茸的棉花——它一贯对与自己毛发相类似的东西无法抗拒。它压低身子，试图朝一团雪白的棉花探索而去。

"抓住它，抓住它。"他们边追边大叫。

女孩并没有起身，坐在小凳子上，双手往前做了个扑的姿势，就像雪儿扑向墙上的"蝴蝶"，扑向了虚空。雪儿被这个姿势以及越来越近的脚步声吓到了，它舍弃了那堆棉花，重新跑起来，脚步有些凌乱，朝左边跑一忽儿，又偏往右边，像在要计谋甩掉身后的追兵。

谢富杰跑在头一个，他的嘴里发出些不伦不类的叫声，喵喵喵……嘁嘁嘁……嘿嘿嘿……最后，化成了一声长长的惨叫。

等玛丽他们赶到，雪儿已经从一片矮灌木丛钻进去，那里，通向那座从地面拱起来的小土山。

玛丽的脑子一片空白。

这座小土山还是跟过去那样，走进去才知道远远比窗前所见的要大许多，相对于60CM长，重5.2KG的雪儿来说，它应该等同于一个上海那么大了。

玛丽边哭边唤，祈祷雪儿能像一个真正的小伢，能听懂并理解一个妈咪焦急的声音。然而，只有残雪从树枝间跌落时发出些声响引起过他们的一点希望之光，大部分的时间，山林冰冷沉寂，跟时间一起加深着玛丽心底的绝望。

四处搜寻一阵，高富春决定回去搬救兵。很多年前，有人沿着足迹在小土山找到了那只专门拱鸡圈的山猪，村里几乎所有壮年都出动了，也就一小时不到，土猪就被抬出了山。

"这猫胆子小，跑不远。"高富春劝玛丽跟他们先回去，找人，关键是拿诱饵，他断定猫一定还藏在附近，饿了，自然就钻出来找吃的。

玛丽想起有一次，不留神雪儿蹿出阳台，沿着狭窄的墙沿爬到空调外机顶，九层楼高，玛丽想起腿还会发软。最后还是用它心爱的罐头，一点点地把它引回了屋。

他们急急回家搬救兵。路过佑生伯的晒谷坪，那女孩还在，没坐小板凳了，站着，一直朝山那边张望。玛丽想起她那个聊胜于无的扑空手势，如果不是她那只"蝴蝶"，雪儿怎么会发疯跑掉？她泄愤地朝她吼："屌人，找不回要你赔。"没想到女孩一下就哭了出来，好像早已经准备好了似的，又好像跑丢的是她的猫。

玛丽愣了一下，不再多说话，赶紧回家取罐头。

带回来的猫罐头都打开了。高富春和高富杰很快张罗了一个队伍，都是附近的亲戚以及正好来串门拜年的乡邻。他们几乎都上楼参观过雪儿。出发时，他们还拎了好几只鱼篓，好像要到湖里打窝捞鱼。队伍浩浩荡荡，老爹说，比上山祭祖的人还多，猫跑不掉。

"馋猫馋猫，只要有吃的，它肯定就会回来。"见玛丽哭，老娘像安慰小伢。

一直到了吃晚饭的点，雪儿还不饿，影子都没一只。其他人耐不住了，生怕错过了酒局和牌局，说起来，丢失的终究只是一只牲畜，又不是小伢。他们三三两两，陆续收兵回家，冷得一路直跺脚，擤擤鼻涕，说这猫莫不是被野猫吃掉了喽。

剩下高富春和高富杰以及几个玩得好的老表，尽职地守在几个放置罐头的点。

天黑下来时，玛丽已经彻底不抱希望。她熟悉这种过程，就像她过去经历的有些事情，加薪、升职、找男人结婚，有戏又没戏。不抱希望会让每一种细微的获得都放大到喜出望外。下意识里，她甚至认为等这些人都散开之后，雪儿会施施然从某个树丛里钻出来，就像那一次，她躲过大人，从泥洞爬出，迎面见到了来接她的爷爷，这一幕并不是幻觉，是记忆。

玛丽回到屋，还没脱掉已经湿透的皮靴，就听到晒谷坪外一阵喧闹。

高富春双手抱着一只鱼篓，一路小跑过来。他跑得小心翼翼，像怀里抱的是一坛随时会溢出来的酒。鱼篓紧紧贴在他凸起的大肚腩上，正好起到了稳定的作用。高富春从夜色里跑出来，一靠近，玛丽就看到鱼篓里那团白色的影子。

抱着这只冻得簌簌发抖的猫，玛丽哭哭又笑笑，连高富春也被她哭得不好意思了，他犹豫了一下，一只手举起，在玛丽的脑门上敲了一个栗子，"你这屌妹，给你找回来还哭。"大家都笑了，拢到火桶边暖身，围着那只毛发又脏又湿的猫看。"你看看，这个样子，跟野猫有什么区别？"高富杰伸手想敲它脑袋，又缩了回来。

雪儿大概是跑累了，或者是惊吓过度，脑袋低垂，眼皮虚掩，四肢蜷缩在肚皮底下，挨着火桶，像揣着双手打盹的老汉。老娘凑过去，手指点点它的鼻子说，你呀，你把你老娘急死了。玛丽忽然觉得尴尬起来。

后来，玛丽想起那个被她骂哭的漂亮女孩，问是谁。老娘说，是佑生伯的儿媳妇，过年前娶过来的。玛丽印象中，佑生伯的儿子好吃懒做，一直赖在家里，顺手给人干点泥水活，做一季歇一季，四十岁，娶媳妇的钱都没攒下来。

"光辉还是命好，娶那么好看的老婆。"那女孩的面相，笑起来好看，哭的时候也不难看。

"没钱才娶个小儿麻痹。"

玛丽一惊，回想起女孩朝着空气的那一扑，的确像用尽了整个上身的力气。那么漂亮的女孩啊。玛丽鼻子酸酸的。

年初五，赶在返程高峰到来之前，玛丽带着雪儿回上海了。高富春他们几个要过了元宵才出门打工。跟玛丽的车子挥手告别的时候，没有谁对这个来去匆匆的妹妹发一句牢骚，就像她在执行某种很有道理也很正确的决定。"明天就开始堵车了，十几个小时都开不到上海。"就连老爹也晓得这样跟亲戚解释，当然他并没有提到雪儿。

回到那间熟悉的公寓，很奇怪的，雪儿一直在舔身上的毛，不知道那毛发里是否还保留着高家村或者小土山的味道，也不知道它如此频繁地舔舐，是出于对那些味道的留恋还是嫌弃。总之，除了吃饭睡觉之外，它就一直在舔，舌头上细密的倒刺摩擦着每一处毛发，发出了"沙沙沙"的声音。

刚冲好一包速溶咖啡，玛丽就收到特蕾莎的微信，问她跟薇薇安凑单买"海蓝之谜"，到底凑眼霜还是爽肤水？薇薇安是她们部门经理，逢节假日海购网有活动，不管她们几个是否需要，都邀请一起凑单，赠品自然都归薇薇安，识相的人，连快递盒子都不拆，转手送到她办公室。玛丽心里冒出一股无名火，又一下子决定不了眼霜还是爽肤水，干脆手机一关，上床。

辗转到半夜，玛丽还睡不着，事实上舟车劳顿，她又累又困。熬不住了，想起回家时准备给雪儿路上用的那颗安眠药，一杯温水将其吞服掉。药物发作之际，蒙眬间听到雪儿仍在枕头边上舔毛，"沙沙沙，沙沙沙"，好像下起了春雨，这空白的噪音把玛丽跟窗外的城市渐渐隔绝了开去。

Chapter Three

小　姨

　　我经常听到外婆跟别人讲，小妹啊，已经错过了最好的结婚年龄。后来，我妈跟人煲电话粥的时候，不时也会蹦出几句关于我小姨的话来——别像我老妹那样，错过了生育的好年龄。家庭聚会的时候，但凡说起小姨，似乎每个人都有自己的看法，而这些看法最终都变成了一声声叹息，以及抱怨。我外公固执地认为，小姨念大学，念坏了。据说，小姨上大学前，还是一个很正常的优生，大学之后小姨就变了。"抽烟、喝酒、打老K，没有理想，不思上进，整个人颓废掉了！"身为一名中学校长，外公说话总是恨铁不成钢。

关于小姨人生历史上的这次重大转变，家里人至今都不能完全理解。失恋？小姨早就澄清了这个猜测。成绩跟别人比，落差大？小姨撇撇嘴很不屑地说："弱智，大学生谁还比这个！"那是为什么？小姨发脾气了："什么为什么，那个时候，人人都一样啊，有什么问题吗？"仿佛颓废是一种时髦，小姨理直气壮得很。

我的小姨生于1970年，87级大学生，毕业后分配到本省一个偏僻的小城。当年，外公努力想办法要把小姨调回我们家所在的省城，小姨却完全不配合，努什么力呀？在哪不都一样活着？她自作主张卷起包袱去小城那家单位报到。至此，小姨离开了外公外婆的怀抱，邪邪乎乎独自生长。外公说，就像一棵发育不良的歪脖子树。

我喜欢跟小姨待在一起，她似乎对什么都无所谓，松松垮垮，相处起来一点不像长辈。过年过节她会从300多公里外的小城回来，放寒暑假，外公外婆也会带着我去她的那个小城，跟她住上一段日子。不过，这"一段日子"，大抵也不会超过两周的，小姨嫌家里人多，烦。确切地说，小姨其实怕被人管，任何一个他人都会打搅小姨多年的独身生活，这个"他人"，自然也包括父母。他们都说，小姨一贯追求自由。在我的理解里，自由是什么？就是没有人管，狂吃鸡翅和薯条，把可乐当水喝，把电脑当书本看。可是小姨想要的自由实在让人看不懂，就像她喜欢的那张画——在小姨的卧室里，摆着一张躺椅，椅子正前方墙上，除了挂着一台电视机外，还挂着一张画。小姨说，这是一张世界名画的复制品，名字叫:《自由引导人民》。这张画常年挂着，从没更换过。有过一段时间，我不太敢去看那张画，那个举着旗子在战场上指挥人们的女人，上身裙子滑到了腰上，露出两只胖胖的乳房让我很为情，会不断联想到自己正在像小馒头一样胀起来的胸部。后来有一天，我在美术课本上看到这张世界名画，感到十分亲切，就好像看到了小姨的旧照片。

小姨常常窝在躺椅上抽烟，看看画，看看电视。时间长了，头顶的天花板上便熏出了一大圈黄，遇到梅雨天，潮湿格外严重的时候，人坐在躺椅上，会被一滴滴油一样的黄色水珠打中。小姨懒得去擦的，反觉得有趣，抬头去数那些凝在墙上的"黄珠子"。

这张画是师哥送的。师哥是大学时的学生会会长，我在小姨的相册上看到过他，中等个子，瘦瘦的，拧着眉头，表情的确很"学生会"，长得有点老。我怀疑地问小姨，师哥有很多女同学追？小姨眨眨眼，想了想，说："是的。他当年可是个人物呢，有理想，有信仰，有激情……""噢，师哥现在在哪里？做什么呀？"小姨一问三不知："可能，失踪了……""啊？那么大一个人，怎么会失踪了呢？"小姨迟疑地摇了摇头。据小姨说，师哥大学都没念完，后来，就杳无音信了。

我猜小姨喜欢师哥，不过，是暗恋的那种，小姨会不会因为暗恋师哥，变成了一个"剩女"？如果真是那样的话，小姨太伟大了。我算了一下，应该有二十年以上了。Oh,My God! 我觉得小姨简直就是——虐！

小姨在家里实在待不住了，会带我到游乐场玩一把，玩刺激的青蛙跳、摩天轮，在人群里她的叫声是最尖的。小姨还喜欢刮刮福利彩票，二十块买上十张，认真地问我，小嬷，这张会不会中？我说，中！当然，一次也没中过。"鬼信！"小姨笑着走开了，并不觉得那是输钱。

在玩这方面，我跟小姨是没有代沟的，我玩什么她也玩什么，只是在玩够了回家的路上，小姨一下子就变了，她忧郁地揪揪我的小胖脸说："人啊，活着都是没意思的，总体来说都是不高兴的，只有在游戏里那几分钟时间是高兴的，小家伙，你说是不是？"那个时候，我心里盘算着要怎样才能多吃到一只香芋雪糕。走到一棵大榕树下，小姨说，坐下来，吸根烟再走。刚好附近有个书报亭，书报亭前摆着个雪糕柜，我终于如愿。对着大马路，我和小姨两个人坐在大榕树下，一个手里举着支雪糕，一个手里举着支香烟，各自幸福着。小姨连续抽了两根烟，烟头往地上一扔，脚尖一搓，抡抡手臂，好像跟空气里的谁打招呼："回家喽！"

回到家，我向外公外婆汇报今天出游的高兴事，外公看看小姨，没了抱怨的念头，俯下身来，摇摇我的手说："你看，小姨对小嫣最好了，小嫣长大了要像孝敬妈妈一样孝敬小姨哦！"我重重地点头说："嗯，我长大赚了钱给小姨买烟抽！"小姨笑了。她的眼睛里红红的。

离开小姨家，走到楼下不远，我转头回去看，只见小姨站在3楼的阳台上，挨着两盆芦荟边，右手举在耳朵旁，两根手指做成一个"V"的形状，好像在等人拍照的样子，见外公外婆也转过头来，她的手才垂到栏杆底下。我知道，小姨的"V"字里，夹着根香烟。外婆说："小妹这样下去，怎么办？总是高兴不起来。"外公看了一眼远处的小姨，狠狠心，扔下一句话："没头脑，自作孽！"

小姨站在阳台上，抽着烟，目送我们离开的次数有很多，等到有一次，我忽然体会到离别的伤感滋味时，已经十三岁，青春期正躲躲闪闪地在我的身体里抢地盘，而小姨已经不动声色霸占到一个"资深剩女"的位置。

我妈多次郑重其事地对外婆说:"妈,您一定要说说小妹的,女人一定要有个家。不生小孩可以,但婚是要结的!"外婆很是赞同我妈的观点,连连点头,在此基础上她又强调了结婚的重要性。二人在这方面高度一致。结果,外婆长嘘一口气对我妈说:"要不,你去跟小妹说说,你们是两姐妹,你的话她能听得进去。"我妈盯着外婆看了几秒,溜走了。

只要有小姨在场,但凡涉及到结婚、生子、老有所依之类的话题,无论谁起的头,都不会有第二人敢接下去讨论的,仿佛当中埋了个地雷。倒是小姨,偶尔会大大方方地接过话题,向大家公布:"我嘛,以后肯定是自己去老人院的,要是能有幸猝死,省了病痛的折磨,那就是积上大德了,要得了大病,半死不活的,我就自行了断,活那么长干吗?!"她讲得轻轻松松,干脆利落,现场人人面面相觑,无以回应。外婆只好挥动手中的筷子,假假地在她脑袋上敲了一记:"说什么呢,死不死的,在吃团圆饭啊!呸!呸!呸!"小姨朝我扮个鬼脸,给自己塞了一口饭。

有一天，小姨要我咧开嘴巴，研究我的矫牙钢箍，看了看，摸了摸，羡慕地说："小嫣真幸福，将来会有一排整齐漂亮的白牙。"

在我们的家族里，小姨微微突出的嘴巴是个异类，并非出自遗传，而是后天的龅牙造成的。我妈说，杨天高就是被小姨的龅牙吓跑的。我从没见过杨天高，可杨天高却像我们家族里的隐形人，一有机会就出现。"现在想想杨天高这个人最合适小妹了，可惜了……""这个人长得好像一个人耶，呃，像不像那个杨天高？"……杨天高大概曾经是小姨唯一靠谱的男朋友，虽然他仅仅是个小公务员，但是，我们家里人都认为他曾经是小姨命运的特派员，是专门来拯救小姨的。可小姨却放弃了这根救命稻草。"太麻烦了，谈恋爱，结婚，生子，造一个生命到这个乌七八糟的社会再受一次罪，有什么意思？"

外婆拼命做小姨工作："不是那样的，结了婚，结了婚就会好了，日子总是一天一天好起来的。"

"怎么可能会好起来？学习那么辛苦，工作压力那么大，贫富差距那么大，整个环境那么恶劣！"

"现在比过去好多了，过去我和你爸爸，两个人工资加起来才46块钱，养四口人，一根香肠要分成四段，一口就吃光了，你们小时候真的生不逢时，现在可不一样了，不愁吃不愁穿，什么东西都不缺……"

小姨懒得听外婆忆苦，她想说的根本不是这些。

外婆多次严肃地警告外公："小妹的人生观很成问题，很有必要矫正！"

可是，人生观跟人的牙齿何其相似！乳牙更换掉，新牙按秩序刚排列好，牙根还没站稳的时候，对付那几只歪邪、出格的牙齿，我的矫牙钢箍就像紧箍咒般起作用，但要对付一副已经咀嚼了几十年、牙根已经深扎牙床大地的牙齿，任何方式的矫正都是徒劳，除非连根拔起。同样，要想把小姨稳如磐石的人生观连根拔起，除非小姨的脑子被洗得一干二净！可这世界上谁发明过洗脑器？

有一段时间，我妈总把我跟小姨扯在一起。我不止一次偷听到我妈在厨房里悄悄问外婆："妈，您说小嫣将来会不会像小妹那样？"外婆生气地打了我妈一下，"少发神经啦，小嫣又不是小妹生的，怎么可能像？你自己的女儿你都不了解吗？""啊哟妈，我都愁死了，小嫣叛逆得太厉害了，谁都管不了她。啊哟，我现在只要一想到小嫣不听话，整晚都不能睡了……"甚至有的时候，我跟我妈顶得厉害，她也会口不择言，指着我的鼻子大声说出来："你看看，你现在这个样子，牛鬼蛇神，谁的话都听不进去，简直跟你小姨一模一样！"我立即就会顶回去："小姨怎么啦？我就是要学小姨，我偏要牛鬼蛇神！"我妈气得再说不出话来。

在我妈看来，小姨的叛逆期永没过完，她做法奇怪，想法更古怪，是一个异类分子。除了婚姻问题，她最无法理解的就是小姨的运动方式——独自爬无名山。小姨喜欢找那些无人问津的无名山爬，在爬山的时候，又爱觅偏僻的山路，甚至野路来走。我跟她去爬过一次无名山。那山虽说就在郊区，却极少人去，就像被抛荒了多年的一堆垃圾，连苍蝇都没兴趣钻了，可小姨偏偏喜欢钻那山。沿着一条几乎看不出是路的路，小姨手脚并用，撩开杂草，不时踩平一根顽固的拦路枝条，她熟络地朝前方攀登，胸有成竹，仿佛只有她才知道，无限风光就在不远的顶峰。我跟在小姨后边，沿着小姨踩平的路，一声不吭，只盼望早点下山。好在，这是个小山包，并不需要太长时间，我们就登到顶了。这个所谓的山顶大概也是小姨自己命名的，仅仅是一个稍微宽阔一点的平台，只是杂草少些而已。我呼吸一口空气，环顾左右，看不到任何风光。也不知道小姨为什么要跑到这种破地方！我在心里后悔死了，还不如待在家里看几集《海贼王》！唉，小姨真是无聊。

　　小姨对爬无名山的兴趣一直不减，任谁劝都不停止。好几次，小姨的手机一整天都处于"无法连接"的状态，我们吓死了，想着，再接不通，明天一早就要跑到小城的无名山去寻人了。好在，通常最终都能听到小姨的声音从电话那边传过来，伴随着一声清脆的打火机响，小姨嘴里便一阵含糊——唔，到家了……

　　我妈劝过小姨："你这样很不安全，荒山野岭的，要是遇到坏蛋，在那种叫天天不应，叫地地不灵的地方，谁来救你？"小姨耸耸肩，无所谓地说："我这个人，要啥没啥，劫财还是劫色？"我妈哭笑不得，反问她："你说呢，你想劫财还是劫色？"小姨笑笑，干脆地说："财没有，色倒还剩几分，拿去吧！反正荒着也是荒着。"我妈也笑了，推了小姨一把。第二天清早，我妈拉着小姨出门，也不说去哪里，走了十五分钟到时代广场。这是我们城北比较大的一个广场，紧挨着运河边。远远地，就能听到大喇叭吵吵闹闹的，舞曲带来了好多人。我妈直接扯着小姨到东边。那里已经有十来个人在跳舞了，舞步娴熟、轻快。我妈撇撇嘴说，西区那边是老年队，这里是我们的队伍，来，你也来跳跳，很简单的，你不是要运动吗，这种运动最好！说完，我妈就加入到了那十来个人当中。小姨朝西区看过去，那里的人数比东区多出很多，她们不能说是在跳舞了，只是扭动身肢，活络筋骨罢了。

小姨并没有参与到队伍中去，任凭我妈在人群里起劲地朝她挥手。她站在原地，看了一会，开始沿着广场的四边，慢慢地走一圈。她走远了，喧闹的舞曲逐渐被她关小了音量，这时，她才把目光伸向了广场中央的那尊塑像。塑像不是巨型的，无须仰头，就能看到人工铸造的五官和笑容。小姨缓缓走近塑像。塑像就跟小姨站在一起了。小姨才看清楚，在他身上几个呈现弧度的地方，搭着几件运动者脱下来的外衣；在他站直的长腿边，倚傍着几把扎着红缨子的长剑；他垂下来微微握拢的拳头上，塞着塑料袋包裹的几根油条……小姨朝他咧开嘴笑了。一会儿，她绕过了他。她也绕过了那群拍手扭臀，锻炼热情饱满的人们。她从广场的一个缺口处溜了出去……

"老妹这种人，典型一个反高潮分子，这方面到底像谁？"我妈无奈地问。外婆极力要撇清遗传的关系，翻出一个旧相册，指给我们看。一张，小姨穿着双排扣列宁装，马尾辫梳得高高的，手握一本书，表情很是"英雄"。外婆说，这是小妹读小学，参加全省演讲比赛呢；一张，是少女时代的小姨，穿着花连衣裙，站在湖畔垂柳下，跟女同学手挽着手，头稍微侧着，笑容很甜；还有一张，是几排人的合影。外婆戴着老花眼镜，把照片拿远了仔细找，指着第二排中间的那个人说，你看，这是小妹在入团宣誓呢。果然是小姨，右手握拳，举到脑袋边，嘴巴张开，显得挺激动的。"你们看，小妹以前还是蛮合群的嘛！"外婆惋惜地说。

除夕夜，一家人坐在沙发上边看春晚，边聊天边嗑瓜子，外婆又拿出那本相册，指着照片对小姨说："小妹，你看你以前，多好。"小姨没吱声，一张张看过去。外婆又叹口气说："小妹，我还是喜欢那时候的你！"小姨就丢下相册跑到阳台抽烟去了。

小姨问了我一个很奇怪的问题："小嫣，你会跳兔子舞吗？""是像兔子那样蹦蹦跳跳吗？"小姨在客厅里，一边哼着曲子，一边把双手伸直向前，脚上随着节奏跳起来，步伐很简单，就是双脚不断地前前，后后，前前……小姨跳得气喘吁吁。她告诉我："这就是兔子舞，双手搭在前一个人的肩膀上，几百人在操场围成一个大圆圈，蹦蹦跳跳，这是我们大学时代的圆舞曲，毕业那一年，一个大圆圈跳着跳着就散了，各自抱头痛哭！""为什么呀？男生也哭？那么多人，一起哭？"我简直不能想象。小姨很自豪地拍拍我的肩膀说："是啊，我们很团结吧！"小姨把我拉起来，说教我兔子舞。两下就学会了。我们两个从这个房间蹦到那个房间，累了，一头扎到床上！我大声地喘着气，而小姨却安静得像睡着了一样，等我凑过脸去看，发现小姨闭着的眼睛，流出了眼泪来。我觉得，小姨肯定是想念师哥了。

后来，我们硬拉小姨到时代广场倒数，十、九、八、七、六、五、四、三、二、一，新年快乐！礼花在天空华丽飞舞，我们在人群中欢呼，直喊得口干舌燥。要散时，才忽然发现一直落后的小姨不见了，也不知道她什么时候挤出了人群，孤单得像电视剧里那些失恋的女主角。

等到师哥重新出现，小姨已经人届中年。干瘦，满脸黄斑，一副烟嗓使她听起来比看上去还要苍老。每天，她沿着护城河，骑电瓶车上下班，烟瘾上来，便把车停下，双脚踮地，点根烟，看河边垂钓的下岗工人。那么多天了，她从未见过他们收获的场景，不知道是他们从没钓到过鱼，还是，她一向悲观主义的眼睛里压根就看不到生活中的欢呼雀跃？师哥的电话就是这个时候响起来的——这是一个怎么看都陌生的号码。小姨本来不想接的，不过这号码太执着了，那首《秋日的私语》就快要奏完了，钓鱼者都快要转身来抱怨那声音吓跑了鱼。

差点被拒听的这个电话让小姨感到阳光灿烂，一来因为师哥说他出国二十多年刚回，费老大劲儿才找到了她的电话号码；二来，她不断温习这个惊喜的电话后，得出一个结论——师哥没变，如同这个电话一样，执着。谁也不会知道，这种执着曾经难以想象地深深吸引了她，无形地影响了她的人生。小姨执着地燃烧过，又执着地让自己变成了冷灰。如今，二十多年后，师哥如同一只走失的信鸽，翻山渡海，从远方又飞近来了，这只信鸽的翅膀扑扇着，将那堆冷灰腾了起来，在记忆的天空中舞蹈，并试图在滞重的岁月后再扬起那种血气方刚的风姿。

那天，小姨要去三亚参加同学会，从小城赶来省城的机场坐飞机。我从没见过小姨这种样子。她穿一条真丝连衣裙，外罩一件崭新的皮衣，隔着饭桌，我都能闻到羊皮的气味。

小姨说起这次将要参加的同学聚会。组织承办者是班上一名体育特招生，成绩差得一塌糊涂，对集体活动却总是热情高涨，他毕业后分到海南，现在是一间私立学校的校长，腰包涨得很，这次聚会，吃住行玩他一人全负担。小姨还破天荒地跟我们提起了师哥。她认为，毕业那么多年，这种同学聚会头一次举办，完全是因为师哥的出现，又把一帮子当年志同道合的人聚在了一起。

"师哥还是相当有领袖魅力的！"小姨说完，想了想，开心笑了。

"那师哥是做什么的呀？"我妈认为那师哥肯定很有来头，竟能指挥一个阔校长包办下几十人的费用。

"呃，师哥在电话里没说，他说这些年一直在法国，回来不久。"

"噢，海归啊，那就是大款喽，成家没？"我妈找到了话题，顺带给我们谈起了现在的婚姻市场行情。据她看过那么多档相亲节目后得出的一个结论，小姑娘特别欢迎海归。海归，并不是指出国深造回来的归客，而是指那些在海外市场打拼积累了财富的大叔。"这类人啊，既有成果，又有海外身份，小姑娘们抢得步步惊心呢！"在这方面，我妈一直是家中权威，她的话基本上没人会去挑战。看起来，小姨这一次心情的确很好，她没像过去那样泼冷水，只是从鼻子里哼出了一声冷笑。算是客气了。

我妈在饭桌上高谈阔论。小姨把我扯到一边，掏出一张钱，让我到附近的东利文具店买几副扑克牌。我轻蔑地对小姨说："小姨你太过时啦，现在没人要玩扑克了，三国杀才好玩。"小姨抬手试图拍我的脑袋，却只能拍到我的肩膀——我已经比小姨高出一头了。"小鬼，又不是跟你玩！我告诉你啊，以前我们班同学打老 K 最凶了，基本上每个宿舍门口都摆着一摊，不分白天黑夜地打，真壮观啊！"小姨是怕同学聚会时想玩的时候找不到地方买，所以买了五副扑克备着，可见小姨是多么盼望这一次聚会啊。

小姨拖着一只亮壳拉杆箱，穿着同样发亮的黑皮衣，出门，下楼。我从窗边看下去，尽管她很快就被楼下的树挡住了，可还能听到那笨拙的"噜噜噜"响的拉杆箱，仿佛她牵着一个队伍。我忽然冒出一个浪漫的想法，我希望小姨从此不要再回来了，就像一个奔向新生活的勇敢女人一样，跟上她那些志同道合的"队伍"，在这个广阔的世界上闯荡，干一番有意义的大事。而我呢，熬到明年6月高考结束，书本一烧光，也到这个世界上去，拼命赚钱，赚够钱之后就当个背包客，去旅游去探险，从此自由自在。事实上最近我常常做这种有关自由的假想，而这类假想，无一例外地被现实逐个击破。

三天后，小姨又牵着那只"噜噜噜"响的拉杆箱回来了，她打开它，掏出一大袋东西：大红鱼干、海螺片、虾米、沙虫干……那是同学会的赠品，都纷纷地装进了外婆的储物柜。此外，她还从钱包里翻出一套票券送给我妈，说是度假游的赠券，可以招待一家三口。那是在我们城郊新建的一个生态旅游度假村。我妈看到票券上介绍的项目种类繁多，顿时来了兴趣，连问了一些情况，小姨只轻描淡写地答了一句："是师哥投资建的。"这简直应验了我妈当时的话！她得意地说："我就说嘛，海归的这类大款，就是有搞头！"我妈其实还想继续问那个师哥的情况，不过看小姨很不耐烦的样子，只好作罢。

小姨把从同学会上带回的东西全都掏出来了，包括睡在箱底的那五副扑克牌——它们连包装都没拆。

这次外婆硬要小姨多住一天，因为再过五天就是小姨的四十二岁生日了，外婆想提前给小姨庆祝。在我的印象中，小姨是个没有生日的人，因为她一直孤伶伶地在外地生活，我们都凑不到一起给她过生日。外婆早就想好了，趁小姨这次来，给小姨过一次生日。可小姨坚决不要过生日，她反复说自己从来不过生日的，她对这些仪式感到最肉麻了。我们则在一边七嘴八舌地劝她，像挽留一个过于客气的客人。最后，一直沉默不语的外公从沙发上站起来。我们以为他要下死命令了，谁知他长叹一声，对小姨说："你考虑考虑吧，你妈和我都快 80 了……"话说一半就没了下文，自顾自朝卧室扬长而去。

在家庆祝生日其实很简单，无非就是晚饭多出了几样菜，打开了一瓶红酒，每人轮流举起酒杯向寿星小姨祝福。我不知道，为什么这么简单的事情，小姨做起来却显得那么尴尬。切生日蛋糕的时候，她干脆久久地待在阳台上抽烟，直到我们把蜡烛点好，灯灭掉，喊她，她才走过来。

看起来，柔和的烛光终于让小姨自在了一些。她会跟着我们一起拍手唱生日歌，逐渐融入我们这个集体。她凝视着那些蜡烛，目光亮晶晶的，仿佛过生日的人不是她而是这只摆在中央的大蛋糕。唱完歌，外婆催促小姨许愿。小姨只好双手合十，闭上眼睛。我发现外婆也双手合十，闭着眼睛，嘴巴动了动，像她在寺庙拜神的那样。

蜡烛吹灭，灯光重新亮起，我们拔蜡烛准备切蛋糕，小姨忽然好像神经发作般，用手在蛋糕上抓了一把，在我们还没能做出反应的时候，她的手往我脸上一抹，弄了我一脸的奶油。小姨这么幼稚的举动跟她四十二岁的年龄以及一贯沉闷的性格太不相称了。我们都感到很怪异，仿佛她被什么灵魂附体。

就像电视里经常看到的画面一样，那个蛋糕被我跟小姨你抹一把我抹一把的游戏浪费掉了。小姨狂笑不已，看上去简直像个疯子。最后，她竟然把整盘蛋糕都盖到了自己的脸上。

无论如何，大家为小姨这突然而至的疯狂感到难以理解，隐隐觉得：小姨一定受什么刺激了。

当天晚上，我跟小姨睡一床。睡到半夜，我就被声音吵醒了。小姨睡的位置是空的，那声音代替了小姨在黑暗中起伏。我一动不敢动，连大气也不敢出，只是凭感觉找到了那声音的所在地——靠墙的那只落地大衣柜。小姨把自己关在那里面，正试图放低声音哭泣。我听了一会，鼻子就酸了。我想，失恋，大概就是这么伤心绝望的吧。可怜的小姨！

几个月后，我在郊区那个"绿岛生态旅游度假村"见到了师哥。他在满墙的大照片里，跟好多人握手合影。那些人，用我爸的话来说，都是些"大人物"。我虽然从没见过师哥，但相比小姨相册中的那个清瘦师哥而言，他变得实在太多了。他已经变得圆乎乎的，正面照，两只耳朵已经看不见了，侧面照，鼻子被深深地埋藏住了，一笑，满脸的肉都在放光芒。他总爱穿阔阔的唐装，黑的、白的、花的……在不同的相片中，人再多我也一眼就能把他认出来。整个度假中心，随处可见师哥跟"大人物"的合照，出现频率最多的，就是那张巨幅照片：他屈着脊背，在跟一个"大大人物"握手，手腕上戴一串佛珠让我记忆深刻。这些照片一张张看过去，除了几个明星之外，那些"大人物"我都不认识，可是，我爸却对他们相当"熟悉"，他说，这里边，有新闻联播的常客，有财经杂志的封面人物，还有体育明星、网络论坛的公知分子……"额的神啊，"我爸佩服地说，"这个师哥还真能混啊，什么界都能搭上，太牛了！"

这个度假村其实就是一座山。师哥把整座山都包了起来，温泉、高尔夫、射击场、农庄……要是可以的话，一个星期都玩不完。我妈说，其实这里并不合适家庭度假。那适合干什么？我妈眨巴眨巴眼睛，暧昧地说："适合这些人来，搞腐败！"她指了指墙上的照片，迅速跟我爸交换了一个眼神。

托小姨的福，我们一家三口在"绿岛生态旅游度假村"好好地"腐败"了两天。临走的时候，我们还凭赠券领取了度假村自己研制的农家保健品——两盒标价为2800块的绿色螺旋藻。又白玩又白拿，我妈满意得要命。离开度假村时，她望着车窗外远去的青山，怅怅地说，老妹怎么当初就不跟师哥好上呢？

小姨是绝对不可能跟师哥"好"上的，当初不可能，现在就更不可能了。因为，比起师哥的改变，小姨现在的改变更可怕——她已经变成了一个中年怪阿姨。原来，反高潮主义者伸出手来制造高潮另有一套，那就是——搞破坏——就像破坏她那只四十二岁的生日蛋糕一样，她把命运分配给她的那部分蛋糕，毫无耐心地一下子捣碎，如同玩各种不同游戏，她从中获取短暂的快乐。

比方说有一次，小姨到邮局给外婆汇款，电脑排序票上显示，她还需要等待四十八人才能轮上。反正无所事事，她就坐在大厅里等。等着等着，她发现，很多人拿了号之后，没耐心等下去了，就把票一扔，走人，造成电脑叫的很多都是空号。同时她也发现，在地上，在板凳上，的确有不少还没叫到的号码。于是，她把那些还没轮上的弃票一张张收集起来，遇到刚进门的，看得顺眼的，或老病残弱的，就发给他们。这样一来，一些人没等多久便能轮上了，而那些坐在大厅久等的人们，眼看着这些后来者居上，先是纳闷，等他们弄明白是小姨在破坏秩序，顿时感到很生气。个性内敛的人，则在心里对这个中年妇女嘀咕几下，他们认为她肯定脑子坏掉了；而那脾气暴烈者，忍不下就跟小姨吵了起来——

"你怎么能这样呢？存心搞乱秩序，你不赶时间，别人可是要赶时间的……"

"我怎么搞乱秩序了呢？我又没有插队，我明明是在维护秩序啊！"

"我看你就是吃饱了撑着没事干！那么有空搞这些，还不如回去搞老公……"

"哈，难道你是总理吗？赶时间何必亲自来排队？叫你二奶来办嘛……"

你一句，我一句，小姨跟一个瘦瘦的中年男人吵得不可开交，眼看着就要骂到各自的祖宗八代，就要推推搡搡了，保安才跑过来……

无人能解释小姨这类无厘头的行为。小姨跟我们这个家庭集体越走越远。当我们鲜有地谈论起她，多数是在回忆些涉及到她的往事，然而，即使是一件好笑的趣事，我们最终也会伤感地就此打住。

高考结束的那个暑假，在我准备跟同学一起去北京旅游之前，外公突然把我叫到房间，他让我去小城看看小姨。他说："在这个世界上，除了我们，小姨对你最好了，小姨是个善良的人，这一点，无论什么时候你都要牢牢记住！"外公的话让我想起了那个深夜，小姨在衣柜里哭。这个秘密我一直没有告诉任何人，这是目前为止我对小姨唯一的回报。不过，我也时常感到后悔，我想，我应该打开柜子，坐进去，拍拍她，就像一个成熟人所做的那样，就算一句话也不说。

听从外公的话，我独自乘大巴去小城看了小姨。她正忙得不可开交。写宣传单，制小红旗，一副要大干一番的势头。我的好奇心很快被她那认真积极的样子挑逗起来了，也跟着跃跃欲试。

第二天上午，太阳只升到了半空，温度却已经完全飙了上来。在小区的门口，我的小姨集合了一群业主，共同拉起了一条横幅："抗议政府建毒工厂危害市民安康！"除了这条大大的横幅之外，他们每个人手里还挥着一面小红旗。这些小红旗是昨天我跟小姨连夜赶制出来的，有一捆呢，我们逢着人就分发。

很快，小区门口就被围了个水泄不通，有本小区的居民，也有附近小区的，还有一些路过的行人，想到这附近即将要修建起来的那个 LCD 数码多媒体工厂，他们就像被化学废气毒侵般恐惧，他们责无旁贷地参与到其中来，高呼口号——抗议毒工厂，还我生活安康！口号一喊起来，人们的声势便壮大了，听上去像有千军万马。

小区的物业管理者、社区的工作人员闻声而来，试图制止这次集会。无须多追究，他们就确认了小姨是这次集会的领头，所以，他们把小姨拉过去，想要说服小姨。

"这是政府决定的事情，你们这么闹也无济于事啊，而且，还干扰了居民的生活，多不好啊。您说是吧？"

"要闹也别在这闹，行不？这样我们很难办啊，都是住在一个小区的，和谐最重要，别闹了行吗？"

"要不这样，你们先停止，然后我们跟相关部门反映，让他们给你们一个合理的交代，和平解决，好不好？"

"哎哟，求求您了，别闹了。"

......

　　无论怎么商量，小姨都不会妥协，她理直气壮得很，仿佛手上握的那把小红旗就是真理的权杖。在众志成城的气氛鼓动之下，她坚定地爬上了花坛，高出人群一大截。她在花坛上稳稳地站着，手挥小红旗，声音尖利——抗议毒工厂，还我生活安康！人们便随着这个站在高处的女人齐呼，连呼几遍，便呼出了默契的节奏感来，那口号就像一曲即兴而成的歌，嘹亮、高亢。

　　我从来没有见过这么激动人心的场面。人人似乎为真理而战，而我那小姨则越战越勇！这种场面，看起来的确很令人发泄。假使一个毫不相干的人路过，停下来看热闹，没过几分钟，他心里长期积压的一些抱怨之气很快就会蹿上来，也会借机号上几声。

　　如此又过了一阵，有几个穿制服的警察接到报告后赶过来了，一看到他们，人们本能地便闪出了一条道来。这些人其实也不敢做什么，只是那一身制服的严肃性足以让胆子小的人自觉噤声、躲避。

那个拿着喇叭筒的制服者，反复对着人群喊："请大家自觉疏散，不要扰乱公共场合秩序；请大家自觉配合，维护社会治安和谐……"喇叭处理过的声音听起来比人们的呼叫声要威风好多倍，它们迅速地盖过了小姨近乎歇斯底里的尖叫。不过，小姨却并不示弱，固执地挥旗呐喊。随即，那个喇叭筒便对准了小姨，喊："请花坛上的那位妇女同志马上下来，注意人身安全；请你马上下来，注意人身安全……"

眼看着，以小姨为领袖的这次运动就因制服者的到来而失败了。人群里的那些过客以及本来就抱着"抗议无效果"的心态的人，逐渐觉得没意思，打算要退出了。刚才还挤挤挨挨的人圈，开始出现了松散。

就在这即将溃散的时刻，花坛上的小姨猛地把小红旗往人群里一扔，这举动吸引了所有人朝她看过去。只见她迅速将身上那件宽宽大大的黑色 T 恤往头顶一撸……人群里顿时发出了一阵短促的尖叫声，之后，四周就陷入了沉默。那喇叭筒也张着大大的嘴巴，一个字也吐不出来。

　　我的小姨，正裸露着上身，举手向天空，两只干瘦的乳房挂在两排明显的肋骨之间，如同钢铁焊接般纹丝不动。在这寂静中，她满眼望去，看到的，都是那些绝望的记忆。那些如同失恋般绝望的伤痛，几秒钟就到来了，如高潮一般，战栗地从她每一个毛孔绽放！

　　我站在人群中，跟那些抬头仰望的人一起。我被这个滑稽的小丑一般的小姨吓哭了。

Chapter Four

证　据

　　搬进新家后不久，他们在水世界定做了这只高一米七，长三米的鱼缸。店家赠送了 28 条红通通的发财鱼，唯独挂单了一条黑色的蓝鲨。大师说，这是风水。新鱼缸进屋的头一个月，必须单出一条黑色鱼类，等过了一个月，才可任意改变。

　　这群红光满面的发财鱼并没讨得沈笛多少欢心，她喜欢那条挂单的蓝鲨。沈笛认为她不应该叫作蓝鲨，她完全不是那种凶猛的鲨鱼类，相反，她比水还柔软。她全身黑得发亮，丝缎般绵柔；她紧致细长的梭形身体，拖着一条长纱裙，优雅独立。她从不搭理那群忙碌的发财鱼，她对它们避之若鹜。她一来就总在鱼缸左上方那只出水小孔边转悠，只吃漂浮到小孔周围的那几粒鱼食。

沈笛认为蓝鲨是女性。沈笛倚在她的玻璃前，跟她讲话，她一点反应也没有，即使用手去拍玻璃，她也无动于衷。沈笛对她产生了怜惜，想，她应该找个男朋友。沈笛在那群发财鱼当中为她物色了一条。他身材魁梧，反应敏捷，抢食生猛，尾巴上有一块霸气的黑斑，特别好认。她有意用鱼食将他引向她身边，好几次，他的嘴巴都要吻上她的纱裙了，却被她果断甩开。沈笛叹了一口气，说："真是个傻妞啊，从这个小孔钻出去，你就没命啦，知道不？"她浑然听不到沈笛的话。

有一个晚上，沈笛梦到了她。她从那只小孔钻了出来，浑身伤，挂着萤光，游到沈笛的床边，她张开口，想要说话，没想到却吐出了很多水，哗啦哗啦把沈笛弄湿了一身……沈笛一个冷战，醒过来了，听到外边下起了大雨。卧室格外黑，只有墙上的电视机亮着一个小红点。大维裹得严严实实的，露出一只脑袋在枕头上，睡得很沉。沈笛披衣走到窗前，掀开窗帘一角，雨点就像一群群疾行的人，在路灯前踮着脚尖赶路。她朝暗处的桂花丛望去，差点没叫出声来——一个穿着黑裙子的女人站在那里，向她看过来。她惊了，扔下窗帘。隔一会儿，再掀开一点点窗帘，看向桂花丛——女人没有了。她捂着自己的胸口，仔细看那个地方，才相信是树影。沈笛又走到客厅，打开鱼缸的灯，在灯光亮起的瞬间，她看见一堆红影从那只小孔周围急速散开，那群发财鱼慌乱地躲回到假山背后。跟所有的白天没两样，她依旧附在那个地方，一动不动，任流水撩动她的黑纱裙。什么都没有发生。

"老公，我们给她再配一个同伴吧？嗯？"讲完昨晚那个梦之后，沈笛从后边抱住大维，将双乳压在他的后脑。

大维正坐在电脑前浏览当天新闻和论坛，这是大维一日之始的必修课，他总在上边觅些有价值的言论，收藏起来。

大维看得很专注，他的脑袋纹丝不动。沈笛又用乳房蹭了几下，撒起娇了。大维终于理她了："那可不行啊，得一个月后，一个月后格局才能改变，风水不能轻易破坏的。"大维的后脑勺朝后点着，一下又一下，触着她年轻的乳房。

沈笛继续磨他。大维只好转向她，如同他每一次在公共场合讲话一样，认真地说："所有真理都是经验总结出来的，是踩在前人反复失败的惨痛中获得的，所以，你要认真相信。"

关于给蓝鲨配同伴的话题，实际上他们讨论了不下五次。

"风水是真理吗？不是那些骗钱的大师乱扯出来的规矩吗？"沈笛嘟嚷着。

"傻妞，这些话语能被众人相信，肯定有很强的逻辑，是不好推翻的，不然什么叫话语权？"

"你呢？你信吗？"

"我信。"

大维这副表情是很有说服力的，她屡屡被他说服。"好吧，你信我也信。"

大维温柔地亲了她一下。

大维的话就是话语权。无论在哪方面，只要他说出来，就会有人相信，必要的时候，还会被引作争议的佐证。"如同大维说的……""大维在去年的国际论坛上说过……"大维的名字通常被夹在一连串的话语当中，仿佛他就是一个证据的戳印，一旦盖上，争议就变得稀疏。这些年来，大维这只戳盖在了法律、军事、文学、国际关系，甚至婚恋的言论上。沈笛曾在一档红遍中国的婚恋交友节目中，看到过大维作为特邀嘉宾出席。主持人问他，比较看好哪一位女嘉宾？他说，从结婚的角度看，是4号，她虽然不是最漂亮的，但秀外慧中，是中国男人理性的选择；最不看好的呢，是9号，她虽然貌美，又是外企高管，但这类女性往往很难将自己嫁出去。在当下，女性有个金字塔定律，9号女性是塔尖上的，4号女性是塔中间的。一般来说，塔尖和塔基都是老大难。这是中国目前的现状。大维的一番分析，赢得了台下热烈的掌声。不仅如此，沈笛还在一档热门歌手比赛节目里，听到了大维的声音，他煞有介事地评价了歌手的水平和出身，还从娱乐文化角度预测了哪位歌手今晚将夺得冠军。

无论哪个话题，大维都不怯场，而且信心百倍，仿佛地球是被他说圆的。

如果你刚刚知道大维这个名字，是难以确定他的职业的。沈笛也是后来才清楚——大维是个律师。准确地说，他曾经是个律师，从为落拓的盗版书商打官司开始，发展到为房地产老板处理离异家产，二十多年后，他不再接官司，自己开了家"大维律师事务所"，手下养着七八个夹公文包到各地开庭的年轻律师，他则变身为一个人物，某个引发社会反响的案子冒出来，他的头像同时会出现在电视电话采访和网络微博上。

沈笛第一次是在电视录播现场见到大维。他在台上，是嘉宾；她在台下，是群众演员。那会儿，沈笛还在艺校读书。那档电视节目播出的时候，她统共有三次特写镜头，偏着脑袋，像在听，又像在想心事，感觉到镜头正对着自己的脸，刚要调整表情，电视又切换到大维的脸了。他很有镜头感，脑袋总是侧偏在 45 度位置，这可以修饰他过于浑圆的脸，五官能被镜头摄出些轮廓来。

沈笛在微博上，将她那三个特写镜头截图发布。大维就在那三个镜头中，定格了她。

"你崇拜我什么？"第一次约见的时候，大维直接问沈笛。

沈笛回想起那条微博，只记得当时光顾着自己那三张照片了，她写下：第一次在电视上看到自己，竟然是跟大维老师一起做节目，他简直就是我的男神啊！！

是啊，她崇拜他什么？要不是他在微博上给她发私信，她差点就忘了他长什么样子，他长得实在太不深刻了，她更加不记得那次节目他讲了什么，他的话对她而言，实在太深刻了。她只记得他的名字，他有几百万的粉丝团；而她，算上那只上门灭白蚁的推销公司，勉强刚够 2500 粉。

"我崇拜你什么？……"在大维强势的目光下，沈笛脸红了，仿佛虚荣心被看穿。"你，你是名人呀。"

"哈哈哈。"大维爆发出一阵笑声……

结婚后，沈笛问大维："你喜欢我什么？"

大维想了想他们的第一次见面，很快浮现出那个白皮肤的性感美女，实际上，她当时脸一红，他就心动了。

"我喜欢你什么？你现在还不知道？"

沈笛真的不知道，即使她已经成为他的妻子——这个合情合理合法的角色，她还是满脑的不知道。沈笛，沈笛，不要去想啦，想太多会长皱纹的。这是沈笛自己对所有问题给出的答案。她今年26岁，衣食无忧，唯一烦恼的是，到了30岁，该穿什么风格的衣服。

跟大维结婚后，沈笛就成了全职太太，大维说，你现在的工作就是当个好太太。沈笛点点头。在超市选围裙的时候，看到有一个牌子就叫"好太太"，沈笛差点笑出了声音。

沈笛的确是个好太太。又好又美。她会赶在大维下班的时间，精心打扮好自己，穿着漂亮的裙子，在灶台边洗菜、择菜，掀开蒸锅的那一阵烟雾，让她觉得自己是下凡的仙女。看起来，大维很满意这个"好太太"的形象，心情好的时候，他会走到厨房，从身后抱着她，脸贴着她优美的颈线，手把手地跟她一起炒菜，像跳贴面舞。沈笛的幸福感从背后升起。

不过，沈笛这个好太太又跟其他的太太有那么些不一样。他们住的这个高档小区，花园中心有个喷水池，白天，那里总会聚集着一些穿睡衣的太太们，她们或者推着婴儿车，或者拉着买菜篮子，坐在长凳子上，叽叽喳喳，嘻嘻哈哈。沈笛每次都会绕过这个喷水池，穿过一条窄窄的花径，绕远路回家。说不出什么理由，沈笛不愿意与她们为伍，她宁可待在屋子里，看那些不会讲话的鱼儿。

那只用来搞风水的鱼缸，成了沈笛的万花筒。她可以很长时间地站在鱼缸前，看里边那个世界。假山上的水车一直在呼溜呼溜地转，鱼会用唇去跟它嬉戏。最有意思的是，那两条一直匍匐在缸底吮吸垃圾的清道夫，瞅着某个安全的时刻，也会升起来，嘴巴磁石般粘牢一片塑料水草，身体自由地在水中360度旋转，就像两个花样游泳的美少年。她还注意到有一条双颊特别鼓的发财鱼，有一种绝活，在鱼食被统统抢光之后，它会从嘴里吐出一小撮嚼碎的渣沫，引起了鱼的新一轮抢夺，而它则得意扬扬，享受着那种众星捧月的感觉。

鱼已经习惯这个站在鱼缸前的女人了，它们有时会随着沈笛的走动而游动，一忽儿左，一忽儿右，仿佛在自觉接受训练。当然，那条蓝鲨除外——无论沈笛怎么设法引起她的注意，她都泰然自若。看久了，沈笛就有一种冲动——躺进鱼缸里去。她记起那次到澳门的威尼斯赌场，满墙做成一个海底世界，有各种叫不出名字的鱼在游，猛然，灯光一闪，水里竟游出两条美人鱼，苗条的"鱼身"丰满，裸露的胸部看起来也水分饱满，两条长腿裹在分叉的"鱼尾"里。也不知道她们如何能固定在水中的。她们长时间贴在水墙内，长发披散，面带微笑，引得游人争相合影。大维站在两条美人鱼中间，拍下一张颇有奇幻效果的照片。沈笛说，发到微博上，一定被置顶。在这方面，大维从不接纳沈笛的意见。离开赌场前，大维要求在门口留影，并一再叮嘱沈笛，拍进门口旗杆上竖着的五星红旗。几分钟之后，这个跟五星红旗一起站在威尼斯赌场门口的男人，就站在了他的微博上——"我在这里。"他的脸上，表情认真。大维总是能找到他"在这里"的位置。这张照片转发15570，评论2892，令沈笛咋舌。

站久了，沈笛的腰有点酸，肩膀发硬，索性，她扶着鱼缸壁，练起功来。好两年不练功了，艺校的那点基本功眼看就要荒废。她挺胸收腹，时而踮脚，时而弯腰，时而后踢腿。她在鱼缸前跳起了简单的舞蹈动作，边跳边从玻璃上看自己的影子。那群发财鱼被她的一阵乱晃吓住了，集体逃逸到假山背后，有几条探出了脑袋。那条孤独的蓝鲨呢，她的唇一开一阖，追逐着从那孔里冒出来的一串水泡，眼睛仿佛斜睖着她。沈笛觉得她比来的时候瘦了，虽然还是固执地待在那个位置，但是，身体多少有些不支，在一串水泡带来的冲击之下，有些摇摆不定。唉，这傻妞，看来是养不活了。

身体的活动多少排遣了一下沈笛的郁闷。书上说的，人在运动的时候，大脑会大量分泌内啡肽，内啡肽也被称为快乐激素，能让人产生欢乐、幸福的感觉。如何保持年轻和欢乐，是沈笛结婚后的专业必修课。她都想要拜那群多动症的发财鱼为师了，它们或许连睡觉都不需要呢。沈笛羡慕起鱼来。当然，不包括那条忧郁的蓝鲨。

大维有个很奇怪的习惯，每次在外边接受采访或者出席完一次演说，回家一定要吃水煮鱼，最好能把自己的舌头辣得麻痹。娶沈笛前，大维对她提的唯一要求是：能煮一锅香辣的水煮鱼。于是，沈笛报名学烹饪，专攻川菜水煮鱼。沈笛到现在都搞不懂，大维是广东人，为何独爱这一味？看到大维脱下西装，穿上阔大的家居服，被一盘水煮鱼辣得"感激涕零"的样子，沈笛顿时滋生母性。

她替他擦去额头上的汗。

"年轻的时候，我说了很多真话，也没人相信……现在，我说一句是一句……嘿，这世界……"实在太辣了，大维把舌头伸出到空气中，仿佛那东西膨胀得塞不进嘴了。

沈笛有点心不在焉。她不知道怎么开口跟大维提。上午，当年在艺校玩得比较好的那几个女同学，约沈笛参加她们的闺蜜会，其中一个小有名气的演员，包了一个会所，请她们过夜，吃大餐品美酒做美体 SPA，重头戏是同居卧谈——就像当年住集体宿舍一样。

"呃，老公，明晚同学聚会，我要在外边过一夜……"

"过夜吗？跟谁？"大维警惕地盯着沈笛。他的嘴唇被辣得像抹了口红，眼睛也红红的。

沈笛只好向大维介绍起那几个女同学，她下意识地没说起那个演员。

"亲爱的，我想，你还是不要去吧，倒不是怕什么，你难道不清楚，你睡着了之后……"大维停了下来。两人陷入一片安静中。

沈笛听到鱼缸里水循环、冒泡的声音，这些声音夹杂在增氧棒轻微的嗡嗡声中，如同客厅里建了个荒郊小水库。

大维说过，沈笛睡熟以后，鼾声如雷，简直，简直不可想象，这么苗条精致的年轻女孩，哪来那么大的力气？"你连矿泉水瓶盖都拧不开，可打起鼾来，就像一个疲惫的送水工人。"大维第一次半开玩笑地说这事的时候，沈笛想死的心都有，她红着脸争辩："怎么可能？简直就是诬蔑！"读书的时候，一间宿舍6人同住，从来没人提过她打鼾。

"那是别人包容你，不忍心告诉你，你想啊，这事发生在一个美女身上，还不等于毁容？"大维轻轻地刮一下她的鼻子。

沈笛不敢相信这是真的，但也再不敢在其他人面前睡着，对于她来说，睡着就是一种冒险。

沈笛总是会费很大力气去控制自己的睡眠，她希望自己能睡在大维之后。一旦意识开始迷离，她就用理性把自己摇醒。这是一件非常残酷的事情，就像站在悬崖边上，欲坠未坠之时，被巨力狠狠地拉了一把，清醒过来后，久久难以入睡。大维多次阻止她这么做。他拥着她，轻轻地拍她入睡。他轻声说："没关系的，没关系的，夫妻之间哪有什么隐私？夫妻之间就是要彼此包容彼此的缺点，这样才真实，才长久，知道不？"大维的话即使变成了催眠曲，还是那么有力量，不可抗拒地使沈笛彻底放弃理性，乖乖地睡着了。

某些个清晨，她睡得饱饱地醒来，伸个幸福的懒腰，大维会调侃她："睡饱了吧？鼾声都快把你老公震到床底了。"

沈笛把头深深埋在棉被里，就好像刚发现下体的经血渗漏到了白裙子上。

对于打鼾这件"怪事"，沈笛很多次严肃地问过大维，到底是不是真的？

"当然，我骗你干嘛，又不是什么甜言蜜语。"

现在，看起来，大维的舌头已经恢复了些知觉，不再做出在空气里伸缩的动作了。沈笛的筷子搁在那只卧虎筷架上，她不吃了。

"老公，我睡着了真的会……？"

大维毫无保留地点了点头。"会。"

"你……有证据吗？"

"我就是你的证据。"

沈笛真想大哭一场，就好像确诊出了一种不治怪症。

沈笛没去参加那个同学聚会，她的心情很坏。她端着一杯伯爵茶，坐在阳台的摇椅上，回忆起上次她们的聚会。那应该是在她结婚不到两个月之后。她们要求她讲讲自己的名人老公，沈笛既感到虚荣，又不知道讲些什么好，只是对大维酷爱水煮鱼这件事说了好几遍。有个专门研究男人的女同学说："看来，你老公，是个喜欢刺激的人……"神情暧昧。其他女同学都起哄，要沈笛深入讲讲大维床上的事儿。沈笛从不松口。一帮子二十来岁的年轻女孩儿，谈性事毫无障碍，甚至跟评价某种美食般自然。可是，沈笛在这方面是不能说的，是绝密，是封存的档案。大维半开玩笑地告诉过她，除非他死后，她在写回忆录的时候才允许解密，顺便赚取高价的出版税。大维比沈笛大 21 岁,这点完全可以等到。

因为大维是个公众人物,目前,沈笛在微博上只能晒晒他们家阳台上的生活,花、草、躺椅,充其量加上那只硕大的鱼缸。最出格的就是一张他们在瑞士滑雪的合影,两人裹着厚厚的滑雪衫,戴着大墨镜,肩挨肩地相拥,身后是反射着刺目阳光的雪山谷。

事实上,结婚后沈笛微博上的粉丝如同洪水起涝,很快从 2500 粉涨到了 47 万,沈笛还来不及兴奋,感觉很不真实地试发了几条,就发现自己被监控起来了——那条拍下生日时大维送的浪琴表,几小时后即被后台删除。沈笛感到很纳闷,不知道是哪只手删掉了自己的微博,后来才渐渐明白,那只手就是大维,他是她的后台。久而久之,沈笛对发微博丧失了兴趣,偶尔上去浏览一下,查看那 47 万粉丝,整整齐齐,不多不少,就像摆在大维书房的那两只海龟标本,是死了的生物。

一个月之后,鱼缸"刑满"了。沈笛用手拍着那条蓝鲨跟前的玻璃，说："傻妞，你快解脱了，你的同伴要来了啦。"她的唇蜻蜓点水地在那块玻璃上碰了一下，黑纱裙荡了两个涟漪。她终于听懂自己的话了！沈笛高兴地给了她一个吻。

一夜春雨洗净的上午，他们开车穿过小区。沈笛看到昨天黄昏散步时经过的那棵广玉兰，花全都零落了，枝丫上只剩些坚实的花苞。"啊，这么快，花都落了。"大维不经脑地应了一句："春天嘛，万物生长。"沈笛看了看他，便不再吭声，摇下车窗，空气里湿润的水分沾上了她的脸。沈笛明白，不能要求他太多。昨天，她对大维说，再这样下去，那条鱼就要得抑郁症了。没想到大维竟然很爽快地答应明天到水世界买鱼。要知道，除了过生日和情人节，他从来没有那么干脆。

快要到水世界的时候，路面忽然变得狭窄起来，这样的路况却不让人生烦，一溜花鸟摊档霸占了道路。车开得很慢，但并不会停下来，这节奏让沈笛满意，她在车上欣赏起那些盆栽。这些花他们也买过，只是不知道为什么，进了他们家，花开一季，就再没开过了，最后，他们的储藏室里，留下了一排空花盆，扔也不是，不扔也不是。沈笛在浏览各种花，心里却盘算着买几条蓝鲨，还要再买几条清道夫，当然，还得再买多几罐鱼食，人口增多了，粮食要备足。

水世界在花鸟摊档的尽头。他们在这里买的那只鱼缸，果然是限量版，现在，它的位置已经换成了另一款。大维一下子感觉良好，跟那个递给他水喝的女服务员开起了玩笑——你是老板娘吗？

年轻的女孩吓到了，连忙说，我不是，不是。

"哦，那你是老板他娘？"

女孩被逗得不知所措，脸都红了。

上次卖鱼缸给他们的那个老板娘很快从办公室出来了。她记得大维这个VIP，马上让女孩到办公室，拿那罐新茶沏给大维喝。

大维坐在茶桌前，惬意地品起了茶，跟那女孩聊天。

沈笛看到了不少跟那条蓝鲨长得一模一样的鱼。她们在这里，显得很活泼，没有一条像她那样忧郁。而且，她们都不在高处活动，几乎贴着鱼缸的石子游动。沈笛好奇地问老板娘："这些都是蓝鲨？跟我们家那条很不一样啊。"

"是的，都是蓝鲨，上次送你们的那条，也是从这里拿的。"老板娘陪在沈笛身边。

沈笛开始唠唠叨叨地向老板娘诉说起了她的各种毛病：清高、懒散、不好动、食欲不振、适应性差等等，仿佛在数落一个女儿。

"清高？你说蓝鲨清高？哈，不可能啊，蓝鲨是底层鱼，它们几乎不在高处活动。"

"怎么可能？她一来我家，就老是浮在鱼缸顶部那只出水孔附近，我几乎没看她下来过！"

沈笛简直怀疑她们说的不是同一类。

"噢，那是因为氧气不足？"

"不可能，四根氧气棒，24 小时不停，那些发财鱼嘴巴都舍不得闭上呢。"

老板娘响亮地笑了，大大咧咧地说："那就别理它，蓝鲨出了名的神经质，胆小怕事，所以才被喊作'鲨'嘛，就像人的名字一样，缺哪样补哪样。其实，它们只是鲶科鱼类。"

沈笛最后选了三条，跟她一起，凑够两对。大维挑了两条清道夫、两条剑尾鱼、四条地图鱼。他们各提着一只塑料鱼缸，有点像过节提灯笼。沈笛心血来潮，掏手机让老板娘拍下他们的合影。

在水世界逗留不到一小时，没料到花港路的塞车状况严重多了。来的时候，是两边店面的花盆霸占了道路，如今，不知从哪来了不少挑担的花农，他们不管三七二十一，箩筐放下就占自己的码头。

大维的车排在一长溜车龙的后边，进退两难。一时间，喇叭声、人声不断。大维脾气很大，朝着玻璃外边发牢骚。这通牢骚没有听众。他便扭过头对沈笛说："我上次在法制台那档一席谈上就说，如果今天取消城管，明天他们就敢挑到天安门上卖去，中国人的素质决定了中国特色。嘿，那次老钱还跟我死磕，说什么法治摊贩，没搞错吧，那是美国……"大维又说了一大篇。沈笛接不上话，也懒得费神听他唠叨，她把鞋子脱了，双脚盘在座位上，玩手机。

跟大维不一样，沈笛的心情不错。"我们在这里。"她把刚才拍的那张合影放上了微博。距离自己上一条微博的发布，已经快半年了。沈笛想，如果微博是一盆花，那么久没人去打理，早就成枯枝败叶了。

微博地图准确地定位出了花港路，可惜，这地图显示不出目前的路况。沈笛瞄了一眼正在愤怒地唠叨的大维，心里暗笑。她不怕塞车，她的时间不怕浪费在等待上，她慵懒而舒适的坐姿，就跟坐在阳台的椅子没什么区别。

半小时的车程，他们走了快一个半小时才回到家。打开门，沈笛习惯性地朝鱼缸的那个小孔的位置瞄了一眼——那团黑影竟然消失了！沈笛小跑到鱼缸前——她竟然不在那里！那群发财鱼被沈笛的忽然到来惊吓得四下乱窜。沈笛找遍了假山、水草，甚至石子缝，都没有发现她！

"天啊，她不见了，她不见了！"沈笛冲大维喊叫。

他们几乎将鱼缸翻了个遍，就连底座的循环水箱、过滤网，甚至放鱼食的柜子都找遍了，她都不在那里。

沈笛觉得头皮发麻。怎么可能？那只孔，只有一元硬币那么大，她怎么可能钻得出去？

大维也觉得此事蹊跷。不过，等他们快将鱼缸翻个底朝天后，他果断地结论："它被它们吃掉了。"这是唯一的可能。

沈笛一听到"吃掉"这两个字，惊悚地叫出了声，身体不由自主地抖动了起来。"怎么可能？怎么可能？……"她恐惧的反应激起了大维的保护欲。他把她拖到沙发上，紧紧地搂着她，用武力摆平她的抖动，用自己的身体去摆平她的情绪。他对她只有这一招。如同她每次跟他闹别扭一样——他二话不说，将她的意识统统收齐到身体的快感中。

"性是一种理想的调解通道，它可以绕过头脑，抛弃理性，直接进入一个欢乐境界。"大维在一次读书沙龙上这样说过，台下的一群妇女把手掌都拍红了。

就像某个机关被大维扭开了，沈笛不受控制地轻声哼起来……

蓝鲨果然是底层鱼类。那三条新买回来的蓝鲨，一直匍匐在鱼缸的底部游行。偶尔上升，也只在中间地带往返。它们小心翼翼地跟其他鱼类保持着距离。如果不是它们丝毫对那只小孔不在意，沈笛都会产生错觉，有三个她在那里边，又像是她的三个影子在摇头摆尾。它们长得太相似了，无论个头还是体态，就连吞吃食物时四处流转的眼神都是一致的。可是，她的确跟它们又太不一样了。沈笛怀疑，那个逃跑了的她，其实并不是蓝鲨，只是外形一样而已。

沈笛始终认为她并不是被"吃掉"了，而是从那只小孔逃出去了。

"能逃到哪里去？你倒是说说看。"等沈笛从恐惧中平静下来，大维跟她辩。

"她在那个小孔附近转悠，不是一天两天了，她每天都在谋划着从那里逃跑。"

"亲爱的，就算它真的每天都想从那里逃跑，可现实是，它的身体怎么能通过？你要有充分的理性。事情不是想想就能实现的。"

"也许，也许，她每天都在练习呢。"

"练习什么？缩骨功？"

……

"好吧，就算我同意，它刻苦练就了缩骨神功，它从这小孔越狱了。那么它钻到哪里去了？这个密闭的水箱里，什么也没有。我们甚至连桌子、沙发底都翻过了……"

沈笛是辩不过大维的。从来都这样。

"可是，证据呢？她被它们吃掉的证据呢？"

大维在鱼缸前转了片刻，不知是对鱼说，还是对沈笛说："他妈的，这群发财鱼也真够狠，吃得连骨头都不剩一根。"

现在，那群发财鱼成群结队地在鱼缸里游来游去，仿佛在朝新加入的那些家伙确认自己的领地。那几条新鱼，既谨慎又新鲜，它们用尾巴一摇一摆地交谈着。有几条鱼不断用嘴去翻检缸底的小石子，觅些食物的残渣，偶尔撬动出石子挪位的声音。这些声音使沈笛的胃一阵抽搐。

沈笛的眼睛就像个摄像头，一直盯着那小孔。就像过去那样，那里间歇性地冒出一串水泡，咕嘟咕嘟，现在沈笛看来，有什么东西刚从那里遁走了。沈笛坚持认为——这就是她越狱的痕迹。

"你是说，这些水泡就是它越狱的证据？哈哈，你等于在对一个律师说，因为所有人都说人是他杀的，所以肯定就是他杀的。亲爱的，你要动动脑子……"

新鱼的加入，很奇怪的，使这只鱼缸仿佛变成了另一只鱼缸，它的改变不仅仅是里边的鱼世界，就连在大维的嘴里，这只鱼缸也变成了——这该死的鱼缸。他当然不是对那条死去的蓝鲨耿耿于怀，而是对他眼下摊上的一件烦心事感到焦虑重重。

那天傍晚，沈笛坐在沙发上，喝着一杯下午茶。这杯茶喝得有点晚了，是因为她中午补了一个长觉。自从那条蓝鲨越狱之日——她还是不能接受她被吃了，沈笛晚上总是睡不好，有几晚甚至彻夜不眠，生物钟被打乱了似的，她又不愿意吃安眠药，反正她不上班，白天可以补睡。沈笛喝着这杯茶，看着窗外混沌的夕阳，也不知道为什么，每次睡饱之后，面对这种金黄的颜色，以及这安静的环境，即使身处自己熟悉的家中，她都会感到莫名其妙的不安。她抱着茶杯，渴望的却是握着亲人的手。是的，她此刻从来没有那么想念他。她需要听到他的声音，闻到他的气息，以确认自己没有从这世界逃跑。

沈笛侧耳留意着门口的方向。当门锁转动的声音响起，她就像一只敏捷的猫咪，飞快地扑了过去，以至于门还没打开，她就已经站到了门边。

大维一进门，就被影子一般的沈笛吓了一跳。他并没有把她抱住，他的身体虚弱得不堪一扑，他差点被沈笛压倒在墙边了。

沈笛好不容易才站稳。大维也站稳了，重重地呼了一口气，"怎么啦？"沈笛闻到了一股腥臭的味道，是那种消化不良的胃气。

沈笛没接话。她觉得莫大的冤屈，她不知道该怎么对他说自己的心思，她只是像只猫咪一样，无声地跟在他背后，跟着他把背包和外套挂到书房里，跟着他到书桌前拿起那只iPad，跟着他重新走进客厅落坐到沙发上。他打开那只iPad，她也凑过头去看，他的手指熟络地在屏幕上划拉几下，一会儿工夫，蹦出了一张照片。沈笛便呆住了。她看到了自己，笑得眼睛只剩一条缝，她也看到了大维，他们头碰着头，各自手上举着两只鱼缸，里边的那几条鱼，现在正安闲地游弋在他们右侧的大鱼缸里。这些鱼顿时消灭了沈笛对这张照片的陌生感，这就是那天他们去水世界让老板娘拍的合影。

"我们在这里"。是沈笛那天发的微博。地图上的红点还没消失，花港路。

"什么时候发的？"

"就是那天，堵车的时候。"

大维呼出了一口气。跟刚才那口气的味道一样。沈笛这才意识到大维的情绪不对。

"这张照片差点把我搞死了！"

"为什么？"

"你不是不爱发微博嘛……我太久没进你那里看了。"

紧接着，大维的手划拉划拉几下，又翻出了一条微博，那上边放着两张图，一张就是沈笛那条"我们在这里"的微博截图，另一张呢，也是一张微博截图，放大了看，是大维的一张单人照，内容只有一句："我在澳洲圣安德鲁大教堂前为此刻抗争的弟兄们祈祷。"两条微博发出的时间，日期一样，前一条显示的是上午的 10 时 37 分，后一条显示的是上午的 12 时 03 分。

这条署名"跟你丫死磕"的加 V 博主，截取了沈笛和大维同一天的微博图片，写着："一个人不能同时蹚进同一条河流，知名律师大维却可以同时身处越城和澳洲，缺席林照案真正的原因是什么，到底是'我们在这里'还是'我在这里'？求真相！！"

读完这一段话，沈笛全身如被冰浸，一把将摆在大维膝盖上的 iPad 夺了过去。

天！短短一天之内，这条微博竟然转发 53456，评论有 24578 条。

沈笛逐条浏览那些评论，越看心里越慌，就像闯下弥天大祸。从那些评论里，她大致知道了"林照案"的基本内容。

那个叫林照的人，因为环境污染问题，带头引发了公愤，"林照案"在上半年被公众的质疑声推上了风口浪尖。一个"我笑世界荒唐"的人在评论中这样说："具备影响力的律师大维也曾写下长微博声援此案，抛出了著名的长文，并表示将加入已经自发组成的'林照律师团'，此举大大增添了此案翻盘的力度……"4 月 12 日，就是沈笛所称的"越狱之日"，他们在水世界挑选新鱼的那个时间段，十四位全国各地自发组成的"林照律师团"齐聚越城。而这位著名的大维律师，"却在玩瞬间飘移，一忽儿在越城某花鸟市场买鱼，一忽儿远渡澳洲圣安德鲁大教堂""他在这里，在那里，就是不在法院里……"网民是这么说的。

沈笛的那只红点标在与法院所在的政法路几乎平行的那条花港路上。那只红点成了大维故意缺席的一个证据。

沈笛觉得血液都停止流动了。评论里全是不堪入耳的斥责、攻击，甚至还有人骂到了自己。

她丢下 iPad，寻找着大维——他不知道什么时候已经离开了沙发。"怎么会这样？怎么办？"她从沙发上跳起，跑到几个房间去找大维，连鞋子都没穿。

大维在厨房里，东翻西看，不知在找什么。沈笛这才记起，还没做饭。那些被切得薄薄的鱼片，还摊在冰块上，还没被放进辣油锅里，几个小时了，它们已经被冻得惨白惨白的。

大维从冰箱里取了罐可乐，又走回客厅。沈笛还是像个影子一样跟着他。"怎么办？事情到底会变成什么样？"沈笛不停地问。

"大体解决了。只能这样了。"大维话音未落，"噗"，可乐罐里冒出了一股清洌的气。

"怎样？"沈笛怀疑大维是在安抚自己。

大维咽下了一大口可乐，眉头条件反射地皱了起来。

沈笛没料到大维会那么平静。平静得让她觉得——害怕。她仔细地看着大维的脸，喝下那口冰冷的可乐，不知道他是爽，还是恼。

"我帮你发了一条微博。"很快，大维打出了一个可乐的嗝。

在沈笛的微博上，在47万粉丝簇拥着的空旷舞台上，这条发于今天15时11分的微博是这样写的：

"致老公@大维 的一封信：老公，对不起，我撒谎了！4月12号，你因要事到澳洲，没能陪我去买鱼，我在微博上发了张过去我们一起买鱼的合影，希望你在澳洲能看到，没想到竟有人质疑你有意缺席当日的林照律师团。我为自己一时无聊闯下的祸感到羞愧！”

这条微博转发 33467，评论 7678。是沈笛有史以来最受关注的一条。

15 时 11 分，沈笛正睡得深沉，也许，还打着如雷的鼾声也不一定，谁知道呢？

"这样，就能解决了？"沈笛一脸茫然。心里说不出什么滋味。

大维习惯性走到鱼缸前，看鱼。"谁知道呢？总是会有些搅事的人跑出来死磕，那件去澳洲的要事是什么？甚至会去人肉出那家买鱼的店……不过，水搅混了，总会好一些。"说话间，大维朝鱼缸扔进了一勺鱼食，引起了一阵争抢，水底的沉淀物翻卷了起来，一片浑浊，就像马蹄在战场腾起了杀气。

这个夜晚，因为白天睡饱了，沈笛一直没有睡意，当然，还因为她心里不痛快，她没有开口问，但她心里想：他总该对自己解释一下，或者申辩一下。

大维也一直没有想睡的意思，不知道他还在烦恼白天的事，还是烦恼着沈笛的不痛快。

过了不知多久，大维开始动作起来了。如同他们过去每一次生闷气的结局，他把那些痛快的液体，注射进了沈笛的身体，治疗沈笛的不痛快。这样，那些内啡肽汁液饱满地灌满了沈笛的脑子。

结束之后，沈笛心虚地问大维，是因为，因为要去买鱼吗？大维在即将被袭来的睡意冲决之前，咕哝了一句："这帮人，太不理性了……"

沈笛不再上网看任何消息。她不想知道自己的道歉是否有效。网络上的事，冒一阵热泡，自然就会烟消云散的。她像过去那样，把自己打扮得时髦青春，看上去如同未婚女子，一个人逛街、购物、吃美食、刷卡的时候，她脑子里的内啡肽会活泼地游来游去，就像一群鱼碰到了一勺鱼食。其实，她从大维的烦躁里，隐约知晓了事态的发展。在家的时候，大维总围着那只鱼缸转悠，频率很高，鱼跟着他的身影，游向这边，游向那边，刚开始以为他要发放鱼食，久而久之，发觉受了愚弄，就不再跟随他了。"这该死的鱼缸。我早就说过，不该轻易改变风水的。"

　　几天后，大维真的去了澳洲。是为了那件"要事"去的吗？谁知道呢？沈笛并没多问。她只是将他七天换洗的衣服整理进行李箱。大维的衣服都是沈笛包办的，外套一律是质地精良的休闲西服，裤子一律是韩版的窄腿裤，袜子一律是矮矮的船袜，刚好没入舒适的鞋子里，走路，脚踝必现，坐着，二郎腿一跷，露出几寸瘦长的小腿来。他被打扮得越发年轻了。每当他那样穿着出门，沈笛就像看到自己满意的作品公布于众。

　　一个人在家，房子那么大，沈笛有些害怕，她把所有能打开的门窗都锁上了。接完大维那通有两小时时差的电话后，她靠在床上，盯着墙上那张硕大的婚纱照看。两年前，他们在三亚拍婚照的情景她还记得很清楚——那个尽职的摄影师，端着相机、扑到地面朝上拍，据说这样会显得人高大些。他不断指挥沈笛摆造型：

"美女，表情不要太夸张，只要傻傻地看着老公就好了……"

她傻傻地看着墙上的大维。

她躺下去了。她不需要在意睡着，更不需要用理性来干预自己的睡着，她放任着自己的意识，直到这些意识逐渐下坠、弥散。

在这张大床的正前方，架着一只摄像头，正对着沈笛的身体。

她只想取下这一夜，当作自己的证据。

Chapter Five

表　弟

　　表弟背着沉沉的双肩书包，那书包最里边的一层，有几张他昨天晚上偷偷从床底摸出来的游戏光碟。表弟要去上学了。表弟急匆匆地穿过小院子，就从我们家族消失了，连同他一起消失的，还有"表弟"这个词汇。

　　将来，如果我有孩子的话，我的孩子会指着识字卡片问我：妈咪，表弟是什么东西？我该怎么回答我的孩子呢？是啊，表弟是什么呢？表弟是最后的一个弟弟。我的孩子，既不会有兄弟姐妹，更不会有表弟表妹。我只好对我将来的孩子描画那个消失了的表弟……

表弟十六岁。他有一间贴满了海贼王和 DOTA 人物画报以及散发着正在发育气味的房间，他长得不是很帅，但也不能确定，他的喉结还在蠢蠢欲动，未来还没有结出他想要的形状。表弟心里有个英雄，他不止一次跟我说，表姐，雷克萨是个了不起的斗士耶。DOTA 勇士雷克萨的漫画就挂在他的床头，他日夜都想拥有他的技能。可是我从心里认为表弟不可能成为英雄。我清楚地记得，小时候他的手被割破了一个口，他就举着那只包扎得很漂亮的手指，到我们家每个人面前说，爷爷，疼！奶奶，疼！姑妈，疼！姑父，疼！……等所有的人都疼完他了，他才坐到小板凳上，看书，那只包扎得很漂亮的手指一直高高翘起，骄傲得像个穿裙子的公主。

这么多年来，表弟就是我们家的公主，万千宠爱在一身。就连我，也以与他争宠为耻。

说起来，我也是宠表弟的，我唯一的弟弟，没有他，我孤单得想发疯。暑假，我躺在床上看蜡笔小新，表弟趁外婆打盹的时候，一路扶着墙壁，笨笨地推开我的房门，跌跌撞撞地攀到我的床沿，嘴巴里吐出几个单词，口水就顺着嘴角流到了床单上。我把他当成一只小宠物狗，一下子把他从床下提了上来，抱他，亲他，揉他，搔他。我把嗑好的瓜子仁放到我的舌尖上，让他像只小狗一样用舌头舔走。他那个时候真的好好玩呀。他不到二岁，我快八岁了。外婆听到从我房间里传出来的笑声，便像狼犬般警醒，生怕我把公主弄坏了，扯着嗓子边喊边跑过来——妹妹，不要碰表弟啊，他脑笋还没长全哪……话音未落，表弟已经从我的怀里被夺走了。被夺走的表弟开始不服气地哭闹。表弟哪里知道，对付小孩的哭闹是大人的才艺，他们将孩子的哭和闹一贯地视为撒娇，他们最喜欢看到孩子撒娇，孩子一撒娇，他们就觉得自己是个强者，他们可以开出任何条件来满足孩子。就像一次次阔绰地付钱，并响亮地说道——说出来吧，你想要什么？那么，表弟想要什么？他想要跟孩子在一起，不想待在大人的怀里。即使他在我这里得不到呵护和溺爱，可他依然想要跟我在一起，我们是两姐弟。事实证明，他很多次逃离外婆的监管，艰难地一路扶着墙，艰难地推开我的房门，直走到我的床边，嘴巴里那几个单词说多几遍后，我终于听明白了——别关门先！

在我们前后脚地长大的过程中，我先朝表弟关上了门。

我在终日紧闭的卧室门里，慢火煎鱼般难过地完成了我的青春期。那段日子，我看到家里的谁都嫌烦，最向往的就是自由，盼着早日离开家。表弟放学回来，总是欢乐得像只小公鸡："奶奶，奶奶，奶奶奶奶奶奶，奶奶……"他喜欢用各种歌曲来喊门，有的时候是周杰伦，有的时候是张韶涵，有的时候还是升旗国歌。我听到他那样叫门，总会觉得他很可怜，同时也很鄙视他——这个还没断奶的小屁孩，竟然那么恋家，可悲啊！后来，我考上大学，彻底自由了，偶尔回家住，有几回，碰到表弟放学回家。他一声不吭地开了门，像个幽灵般折进自己房间，逢到大人撞见他，并扯起嗓子喊："阿弟，出来喝橙汁啊，奶奶刚榨好的！"他就嗡声嗡气不耐烦地应了一声，大人又喊，喊不应，干脆跑到他的房间里去找，他烦躁地嚷了一句——过会儿！随即表弟的房门"砰"地关上了。我从心里偷笑，表弟终于在长了。他把自己关在房间里，像条蛇一样，慢慢地独自蜕变。就跟我那些年一样。

我舅妈忧心忡忡地对我妈说，小亮是不是长得太快了？总是关着房门，也不爱跟我们交流，十几岁就有秘密了，我都不晓得他现在心里到底在想什么了。

事实上，表弟有什么秘密？他整副心思都在抓紧时间享受自己的欢乐时光。玩游戏，跟女同学网上聊天，并装得很内行地跟男同学谈生理问题。这些，只要我进到他的 QQ 空间或者上他的微博，不消一会儿就能全掌握到了。不过我对表弟那些秘密一点兴趣都没有，那个年纪的我，只谈隐私。我想表弟是没有隐私的，他只有秘密。有一次，他很神秘地打开门让我进他房间，让我看他手机上的照片——那上边有一群穿校服的女同学，有说有笑。我问他，是哪一个？他腼腆地用手指点了一下那个侧着脸的女同学。表弟的眼光确实不错，虽然看不到整张脸，但就凭她高高的鼻子和白白的皮肤，我就认定这个女同学能配得上我表弟，因为我一贯认为表弟其实长得真不怎么样，至少他不是我心中的那盘菜。

你要是告诉别人，我就跟你绝交！表弟严肃地告诫我。然后又小声地说，她还没同意当他老婆。

你猜我看着他那张脸的时候，我在想什么？我几乎忍不住要笑出来了。我在想，表弟已经发育了吗？表弟懂得怎么做爱吗？小屁孩而已！

我那时已经20岁了，我已经尝到了性的快乐。想到性，我的脸会立即红。我强忍住笑，装作很负责任地对他说，放心吧，这是我们之间的秘密。

要是表弟当时知道我这些心理活动，他肯定会被气哭的。我太有数了。表弟受不得半点的屈辱，从小到大都会被些芝麻大的屈辱气哭。眼泪几乎就是表弟的绝招和武器。

随手拈个例子说明吧。

表弟读小学四年级那年，有一天放学回家，外婆开门看到表弟眼睛红红的，后边跟着一个女人。那女人一见外婆就开口了："是杜亮的家长吧？我是他的英语老师。"外婆心下想，肯定表弟在学校犯错误了，赶忙给老师赔罪。了解后才知道，表弟把英语作业忘在家了，英语老师不相信，质疑他几句，他当场就哭了，英语老师为了息事宁人，只好说算了，下次改正就是了。谁知道表弟的哭还是没止住，硬说英语老师冤枉好人，非要她跟他回家拿作业以证明自己的清白。英语老师被表弟的哭闹缠得很没办法，只好口头答应。放学后表弟真的拦截住英语老师，硬把她领回家。作业确实是忘在家里了。英语老师坐在我家沙发上，郑重向表弟道歉，顺便向外婆投诉起表弟来。表弟太爱哭了，班上的男孩子都不太敢也不太愿意惹他。英语老师建议家长，让表弟适当参加一些竞技类的兴趣班，比如跆拳道什么的，培养坚强和勇气。后来，舅舅真的给表弟报了少年跆拳道班。看表弟穿着白色的道服，腰带一扎，嘿，顿时雄了起来。

表弟的跆拳道一招一式像模像样地练了下来。在家里，叫他表演给我们看。表弟便把一块木板拿出来，让舅舅和我爸爸两人各执一边，他穿着道服，向我们这些观众谦逊地一鞠躬，然后摆足架势，调匀呼吸。开始！只见眼前白影一晃，只听得咔嚓一声响，结束。那木板被表弟踢裂成两半。观众掌声起。我用手量了一下那木板，也有个几厘米的厚度。厉害！待我们围着表弟夸奖的时候，舅妈果然有知子之心，摸了摸表弟的头说："哇，小亮力气竟然那么大了啊，我看看，脚疼不疼啊？"几秒钟，我们便看到表弟的眼睛里噙着汪汪的泪花。"不疼，不疼，不疼……"表弟叫嚷着用手霸道地推开舅妈。我们见此情景，大气都不敢出，心想着，又一次哭闹的风暴开始了。可是，出乎意料地，表弟的眼泪竟然没有跌出眼眶，表弟这次把门守好了。舅舅为了转移话题，拍拍表弟的肩膀，对表弟说，男子汉！除了武力之外，告诉他们这帮无知之徒，还学到了什么知识呀？于是，表弟从宽宽的道服里伸出来的瘦小的脑袋，摇晃着给我们讲跆拳道的书面知识，就像背书一样——礼、义、廉耻、克己、忍耐……表弟一套套的还讲得不错，我们顿时觉得学费没有白交。

表弟学跆拳道那段时间，在他的房门上，用彩笔写了一句话：忍就是德，忍者睡眠中，请勿打扰……我于是给他起了个绰号：神龟。因为那个时候特别流行动漫《忍者神龟》。

跆拳道馆举行家长汇报日那天，我跟着舅舅舅妈一道去观看。我很好奇，那个踢木板都掉眼泪的表弟会表现如何？我们坐在台下找表弟。表弟混在清一色道服的队伍里，很难辨认，不过，表弟看到我们，朝我们扬扬手，我们就发现到他了。表弟几乎排在最后一个，因为个子不算高，也比较瘦弱。当然，我想，还因为表弟学得不太好吧。先是群体表演，一招一式，也还蛮有气势。最后是对打表演。我们等了好久，才等到表弟出场。天啊，我的心紧张得扑通扑通跳呢，不过，看到表弟的对手是个同他体格差不多的"小豆芽"，我顿时放下了心。表弟跟对手相互鞠躬之后，前进、后退、跳换、格挡，甚至还很漂亮地来了个侧踢，小腿的弧度看着还蛮有点架势。我跟舅舅舅妈一看到表弟出招，就使劲地拍手。表弟跟他的对手配合得相当默契，就像跳双人舞一样，动作看起来有那么些专业，但又感觉不到打斗的危险。可是，就在表演就快要结束的时候，谁都没料到，表弟的步伐忽然出现了凌乱，只见对手的脚往表弟的裤裆下一伸，双手不知怎么竟能将表弟整个翻到了地上。"咕咚"一声，就算我们坐在第四排的观众席上都听得相当清楚。表弟一摔，舅妈跟我都喊了出来。表弟躺在地上，大约十多秒后，便干净利索地几乎是弹跳着起了身，眼睛盯着对手，腰一弯，鞠躬。对手见状，也朝表弟鞠躬。两人下台了。

我想，表弟下台的时候，肯定眼中又噙着两包泪了，那么响，摔得该有多疼啊。

我们在后台找到了换好衣服的表弟。舅妈紧张地去察看表弟有没有摔伤。其实，不用刻意去看，我们已经看到表弟的脑门上，已经有一个逐渐隆起的小青包了。没想到，表弟出乎意料地平静，压根就没有提被摔的事。回家的路上，舅妈一个劲地问他疼不疼，表弟只是摇头不吭声，情绪低落。

到家之后，我们在客厅里吃水果，表弟喝可乐。舅舅坐在沙发上，放松地跟表弟聊起刚才的表演。

"呃，我觉得，你们对打得很流畅啊，够默契的啊。"

"那当然，我俩已经配合了一个月了。"表弟终于开口说话了。

"哦，难怪。那么，那些对打的动作是设计好了的？"

"是呀，按照设计好的动作去练的。"

"那为什么你被他摔了，他没被你摔呢？这也太不公平了吧！"我很不忿地插了一句。

这句话简直就像一把火，把表弟的愤怒和委屈点着了。没一会儿工夫，他的眼泪就夺眶而出。

表弟哭得好伤心啊。一家人于是围着表弟，"救火"。

我像个犯了罪的人，待在一边。

肉体的疼痛，再加上精神的屈辱，使表弟大哭了一场。他泣不成声地控诉起那个"小豆芽"。原来，那几个动作不是设计练习好的，而是那"小豆芽"为了炫耀自己的功夫，临时加上去的，表弟被打个措手不及。

不带那么欺负人的啊，这个小龟孙！我愤怒地大骂起那个不知道姓名的"小豆芽"来！那时候，我已经念高中了，路见不平，拔刀相助的血气已经开始聚集在我体内，逐渐形成我自己的小宇宙，无论是班级上还是社会上的不公平事，我都喜欢干预。当然，干预的方式无非就是骂人，凶恶地骂人，直骂得自己感觉舒服了才完事。回想起来，那时候的火气跟血气就像隔三岔五地爆出来的青春痘般寻常。我甚至用粗口骂起了那个"小豆芽"。

表弟终于平息下来了，也不再抗拒舅妈用红花油去搓脑门上那个淤青的小包了。

最终，舅舅用一番具有理性的话结束了这场风波。他说："小亮，你已经十岁了，应该知道，这个社会上并不是人人都会像家里人那样对你好，更多的人是为了达到目的而不惜一切手段向你出狠招，对于这些不按照牌理出牌的人呢，你只有敬而远之，不跟他们玩了。所以嘛，我觉得你今天在台上表演得非常优秀，摔倒了，迅速爬起来，向对方鞠躬，不跟你玩了！你不是说过嘛，你们跆拳道精神不是强调，忍，忍是什么来着？"

"忍就是德。"表弟认真地接了上去。

"对啊，小亮今天真是很有绅士风度啊！"舅妈也趁机附和。

我们也跟着附和。最后，我爸爸为了祝贺表弟演出成功，并且成为一个真正的绅士，请全家出去吃表弟最喜欢的必胜客。

看起来，表弟似乎已经忘记了刚才的屈辱，又欢天喜地了。

跆拳道是没再继续练下去了，那根曾经使表弟很雄的腰带，早被我外婆拿去改装成一件猫咪穿的小衣服了。而那件白得发光的道服变成了一件纪念品，多年后，我舅妈从箱子里忽然翻到它，哭了又哭，我的表弟曾经那么小，他真的来过这个世界上啊。那件道服跟表弟那些玩具一起，又构成了表弟的整个世界，只是，表弟待在这个世界里，比表弟待在他的游戏世界里还要——虚幻。

　　表弟像所有那个年龄的孩子一样，喜欢玩游戏。他坐在电脑桌前，头戴耳机，目光像雷达一样敏捷，手按键盘则像个专注的钢琴大师。我现在还坚持地认为，表弟玩游戏的时候是最酷的，隔着屏幕朝那些看不见的联机对手发号施令吹响集结号的时候，表弟简直就像个大人物了。

　　DOTA 里的人物有很多个，他们远比表弟现实中的朋友还多，我永远都搞不清楚他们谁是谁，谁跟谁是什么关系，表弟却了如指掌，仿佛他们就是表弟的亲戚好友，有的，还是表弟的仆人下属。据表弟自己说，他在 DOTA 里级别已经很高了，手下也有那么几个喽啰，比方说屠夫、黑暗游侠 2、炼金术士、法师那几个，我见过他们，他们其实就是表弟同校不同班的几个学生，周末一大清早，他们就轮番打电话给我表弟，定时请安似的，其实是在催促表弟早点上线开战。可是，表弟什么时候得以开战却完全不以他们的意志所决定，也不由表弟的意志所决定，而在于舅舅舅妈。

为了限制表弟的上网时间，周末的网络交通管制时间向来是很严格的。所以，一伺"限行"结束，网络信号刚开始冒出那么几格，表弟便一溜烟窜进自己房间，联机，开战。一分钟前还是一片深渊的屏幕马上变成了一个杀气腾腾的江湖，表弟在里边笑傲。

我不明白表弟为什么玩得那么带劲，顶着被舅舅舅妈骂得狗血淋头的屈辱也不足惜。再大的江湖，不过就是几个手指的摁来拨去，不过就是几个键盘格子的跳来跃去？还没有跆拳道看得过瘾呢。

有几次，表弟允许我在他旁边观战，我看得索然无味，这是表弟主宰的世界，我一点也融入不进去。不过，表弟在我无心观战准备离开的时候，说了一句话，让我对表弟的世界有了些理解。他用鼠标点着屏幕上一个丑陋的怪人说，表姐，你看，这是黑暗游侠，他把双臂弯成了弓，他的血液就是箭，他为了你，背叛了世界和信仰，才成为黑暗游侠，他愿意为你颠覆整个世界，只为了摆正你的倒影！

天，我顿时对这个丑陋的黑暗游侠好感得不得了，要知道，他这句话，把我多情善感的心肝都揉碎了，要是，要是，我喜欢的那个人，也会如此霸气侧漏地对我来上这么一句，我，我，我，死了都愿意啊！

原来游戏里也藏着揪心的爱恨情仇呢！

离开表弟，掩上表弟的房门，看到表弟赤着瘦瘦的尚未发育的上半身，坐在电脑前，台灯兀自将表弟的影子拉到了墙角落，我觉得，表弟多么寂寞啊，电脑里的热闹，跟他半点关系都没有。现实如此乏味，不如归去……

表弟好歹在游戏里获得了些能量，这些能量有的时候比荷尔蒙更加旺盛。

有一天，表弟竟然自以为是他心目中的雷克萨英雄的身份，把屠夫、混沌骑士、法师几个人，约到了学校后边的街心花园里。

他们都把这次格斗看成英雄会。

对手还没出现之前，他们互相检查了一下自己的武器，说起来有些失望，不过是几件常用的皮带、棍子、小刀……不过，他们却对即将到来的战斗雄心勃勃，仿佛他们相信自身的能量，可以使这些平常的武器舞动起来，都能像哈利·波特骑的扫帚一样，充满了魔力。

那个娃娃胖还没有完全消褪的屠夫，从头到尾都在念着DOTA 里的那句台词——fresh meat! 嘴里还不时地打着可口可乐呛人的嗝。混沌骑士在里边是最内向的一个，也是最英俊的一个，他正在抽条的身材已经让人想见，他有一米八五的前途。他几乎不跟其他人说话，似乎完全沉浸在自己的世界里，所经历的一切光荣和失败，只能换得他在心里冷冷的一句——Perfect！最没有特点的就是那个法师了，他简直败坏了这个充满幻想和法力的称呼，他平常得就像个品学兼优的班长，他是最让我表弟担忧的一个，既无特点也无特长。不过，人多力量大，作为召集人表弟，他对即将到来的决斗，其实挺没底的。这些兄弟听到老大的老婆被人撬了，游戏打得肾上腺激素狂飙之际，约好到这给老大出口恶气，表弟的万丈激情便被撩拨了起来。

老婆，其实是表弟自己一厢情愿喊喊罢了。他的确喜欢那女同学很长时间了，可人家只当他普通朋友。最近，隔壁班的秦子文跟那女同学走得特别近，好几次还约着放学一起乘车回家。表弟认为，秦子文人品太差了，表弟最痛恨人品差的人，他觉得那女同学肯定会被他骗走。为什么？因为秦子文家里有钱，勉强属于富二代，他平时上学放学都打出租，因为要追那女同学才故意乘公交的。表弟反复地说，许茵肯定会被秦子文骗走。

以上这些情况，是在那场失败的决斗过后我才了解到的。要是早知道，我一定会挺身而出，果断阻挠表弟。这是一场还没开始就注定失败的斗争。表弟既没有武力也没有财力，就凭他在DOTA里的地位有个屁用？

事实证明，表弟他们被秦子文用钱雇来的三个彪悍打手吓都吓傻了，还没到一个回合，纷纷缴械投降。作为惩罚，表弟他们被几个打手小小地揍了一顿，没造成流血事件。可是，表弟他们挨揍的视频却在同学的微博之间到处流传。有图有真相——那个下午，街心花园里，屠夫、混沌骑士、法师以及我表弟，被打得无力招架，像几只瘟头鸡。刚开始，屠夫还扬着一张不服的脸迎接拳头，没几下，就只有用手臂格挡住头脸的份了；那个帅帅的混沌骑士简直徒有其表，被扇了一耳光之后，耷拉着脑袋任由他人推搡；表弟似乎因为肚子挨了一个重拳，脸色苍白，弯腰抱肚，仔细看，眼中似乎隐着泪光了……

简直惨不忍睹！当我看到这段时长达 7 分钟的视频时，我才深刻体会到鲁迅在书本上说的那句"哀其不幸，怒其不争"的伤心。哪个女生看到了这段视频，都不会去爱上其中的任何一个的！绝不！

表弟恨死了那个秦子文，并不完全因为他们被打败了，更重要的是，他们根本不知道，在他们遭受凌辱的时候，这个秦子文竟然用手机全程拍了下来，并且放到了网上。太丢人啦！表弟的自尊严重受伤。

这起发生在街心花园的 7 分钟事件，升格为学校里的一起恶性事件。"严重败坏了我们 23 中学的名誉，后果非常恶劣！"校长在高音喇叭里愤怒地喊。

表弟一伙人连同秦子文都被学校记过处分。彻底打败表弟是，那个女同学见了表弟，连一眼都不愿看他了，即使有时候目光不小心碰到了，也转瞬便放出了蔑视的内容。

唉，现实如此烂摊子，表弟不如归去，归往哪里？还有哪里？表弟从此将爱恨情仇统统放进了 DOTA 里，变本加厉地 DOTA。

看着表弟日益沉溺于网游，我们一大家子都深深地感到担忧。舅舅有一次还动用了暴力。从小到大，表弟挨揍得不多，主要是因为，往往舅舅的拳头还没有砸下来，表弟的哭声就已经响起来了。哭便是知罪，知罪了就饶。实际上，这么个柔软的小家伙，谁忍心揍他？那天舅舅实在气得不行了，从表弟房间里，搜缴了他所有的游戏光碟、耳机、路由器，乒乒乓乓一阵闹腾，表弟都没吭气，直到舅舅最后将表弟的电脑显示屏拆下来，准备拖走的时候，表弟飞身而起，跟舅舅扭抢了起来——显示屏可是表弟世界的藏身之处啊。舅舅终于被表弟这个反抗激怒了，他放下显示屏，开始对表弟拳脚相加。

表弟这次却没有哭，一滴眼泪也没有。仿佛雷克萨的能量发挥了作用，附身于表弟。表弟绷住脸，任凭舅舅打，一点也不知道疼痛。他那一脸坚毅的样子，猛然让人想起了他练跆拳道时总挂在嘴边的那句话——忍就是德。没错，表弟终于练成了忍德，我对表弟的敬意油然而生，瞬间觉得他长成男人了，虽然其时表弟也就刚满十六岁。

可是，面对表弟此种忍德，全家人逐渐感到了可怕。游戏这个魔鬼终于把我们家的小公主也变成了一个魔鬼，他不怕疼痛不怕惩罚，对什么都无所谓，烈士般大义凛然。实际上，表弟并非成为烈士，也并未修炼到了什么忍德，骨子里支撑他的是游戏里那股子杀人不眨眼的冷血，是逃到河对岸与现实遥遥相厌的冷漠。太可怕了。你只要看到被收缴了电脑显示屏后表弟看我们的那种目光，你就会知道，雷克萨的负能量压倒了正能量，厌恶和冷漠是表弟射向我们的子弹。

我投降了。跟大人的宠爱不同的是，我对表弟有着友谊和理解。我会偷偷塞钱给表弟，让他在放学回家的路上，到网吧去过把瘾，我甚至会让表弟到我男朋友家的电脑玩。只有在电脑前，表弟才会跟我们，跟这个世界和解，表弟才有血有肉。

"表姐，你知道吗，我现在唯一的渴望就是——快点成年，成年了就可以玩通宵DOTA，可以联机七七四十九天也没人管了。"

表弟恨不得明天成年。

在他这个年纪，我也渴望成年，渴望早点可以自己挣钱买漂亮衣服和包包，渴望跟男朋友过二人世界。我清晰地体会到，成长必定带着渴望的尾巴，就像希望必定带着绝望，爱必定带着美和伤害。这些，都需要我们有足够的耐心、克己、忍德，像乌龟爬山坡一样，游戏里那样的一刻千里、一键夺命的速度，绝对不适用于成长。

表弟去上学的那天清晨运气很好，一上261路公交车，就逮到了一个空位，简直百年难遇，顿时心下一阵窃喜。他一落座，就把沉甸甸的书包解放在大腿上，头枕着车窗。春天的朝阳透过玻璃抚摸着表弟的脑袋，表弟少有地感受到了现实生活给予他的新鲜和喜悦，他看着窗外晃动的树木和楼房，没一刻工夫，眼皮就耷拉下来了。表弟半睡半醒，一直坐到了解放路站，才迷糊地站起来，下车。

这个清晨，除了表弟的运气之外，跟过去的那些上学的清晨一点区别都没有。直到课间休息，表弟才感受到了这个清晨原来如此异常，充满了煞气。在10点钟的微博热帖上，一张标题为"装睡哥竟对70岁阿婆无动于衷"的照片在各网站上转热了，"装睡哥"一时红遍网络。那张照片上，表弟穿着绿色的23中校服，头靠在玻璃窗上，眼皮闭合着，他的椅子旁站着一位满头白发的阿婆，阿婆一手扶着椅子，一手拎着一个包，背上还背着一个包。表弟青翠的绿校服和阿婆满头银色的白发，形成了极其鲜明的一老一少的对比。

"装睡哥"几乎遭到全民辱骂。你知道的，网络上的辱骂经常像咬人的野兽般凶猛。要是骂别人，我会觉得太痛快了，甚至也加入到里边骂骂，发泄发泄。可是，那人是我的表弟，我到现在连复述给你们听的勇气都没有。

表弟在自己的手机上看见了自己。没错，是自己，他当时还在心底里庆祝过自己的好运。怎么会变成这样子？好运怎么会变成噩运？

那么，表弟看到了这个满头白发的阿婆了么？当校长这样问他的时候，表弟心虚了。他看到了么？依稀仿佛好像……表弟说违心话了。

你真的睡着了？

呃，好像是睡着了。

那么你坐过站了？

没，没有。

那么说明你脑子还清醒？

……

表弟辩无可辩了，不知道道理怎么说，只能心虚地忍耐着校长的痛斥，最后被校长骂得连抬头的勇气也没有。

实际上，那阿婆刚一上车，他就用余光瞄到了她。她是在白仙湖站上的车。这个站，可以称为老人站。表弟每天早上乘车到这个站，势必会拥上来一大群精神矍铄的老头老太，他们晨运结束之后，一顺脚，跨上公交，随即一声声"老人免费卡"的电子音此起彼伏，接着就会机械地响起："请您为有需要的老、幼、病、残、孕妇以及怀抱婴儿者让座"……他们心安理得地坐在年轻人为他们让出来的座位上，相互交谈着该坐到哪站下车，该到哪个菜场买菜比较便宜，该到哪个医院做针灸人又少做得又好……他们跟我的外公外婆一样，享受着老的待遇和生命剩余下来的无聊时光。而那些站在他们身边赶上班或上学的人，满腹心事，面对新一天的新任务正踌躇不已，他们要站十多站甚至二十站路，他们将以疲倦的站姿迎接新一天的战斗。

我的表弟实在太想坐这个位置了，或许他的书包太沉，或许他昨晚没睡好，他喜欢的那个女孩在梦里遗作一摊冰凉弄醒了表弟后又无情地消失了，让表弟从后半夜懊恼到了天明，或许表弟认为阿婆根本不需要让座，因为她跟我那 72 岁的外婆一样，筋骨活络，气血畅通，没事补钙补肾腿好腰好，她背上那把漂亮的剑可以做证：红红的缨子精神地流露出来，仿佛在宣告世人——她一点都不输给年轻人，她有一点都不少于雷克萨的能量呢……这些，表弟该怎么跟校长说起？

校长审问表弟时，他答案只有：A 不是故意不让座、B 是故意不让座。

表弟的表情，选的是 B。

"八荣八耻，回去给我抄一千遍。"校长对表弟上次那7分钟视频还耿耿于怀，这次又闹出这么有损校格的事情来，并且比上次还恶劣，造成了很不良的社会影响。校长终于对表弟失去了耐心，他把表弟赶出了校长室。

表弟从校长办公室出来，一路回到自己的教室。走廊的夹道上，站满了欢迎"装睡哥"的学生。

欢迎，装睡哥归来！

表弟的脸皮再厚，也能感到沾着耻毒的箭直射向自己，躲避之不及。

有一个人，朝表弟迎面走来，竟是那个女孩子，那个在梦里把自己折腾得疲惫不堪的女孩子。表弟一阵烘热，像被燃烧了脸皮。这一次，那女孩并没有躲避他的目光，而是逼视着他，那眼神，白痴都能看出，是嫌恶。

表弟在这样的眼神底下走完了自己人生的最后几步。他连自己也嫌恶自己了。他热血一涌，小跑至走廊尽头，一手撑栏杆，轻身一跃，毫不费力地，模仿雷克萨扑敌的那一次跃动，表弟从没学得那么像，从没如此果断勇敢，从没如此王者风范……

现实如此糟糕，不如归去……

表弟离开人世，他在我们生活的一摊死水里，只剩下了一个逐渐模糊的倒影。我们如在游戏般虚幻。外婆常常在梦里捉到了表弟的手，外婆说，小亮的手比我的还暖和，健康得像头小牛牯；已经开始老年痴呆的外公，但凡在大街上遇见乡下人用箩筐卖鸡，总是要问：阉过的吗？阉过的吗？要是人家告诉他，没阉过的，还小呢，他一定会买回来，吩咐外婆好好去炖，他说，小亮还没变声，多吃小公鸡，嗓子变得响亮响亮的；我那可怜的舅舅，一夜掉光了头，再长出新的头发来，竟全是白的，仿佛悲伤顷刻结成了无法解冻的冰山。舅妈呢？她已经搬到表弟的房间里住下来了，她常常坐在表弟的电脑桌前，对着黑黑的显示屏发呆，眼睛一眨不眨，生怕错过表弟出现在显示屏里。我一步也不敢踏进表弟的房间了，在那一米二的儿童床上，那张卡通的被单上，躺着一个仿佛时刻准备跑出来吓人的雷克萨……

在我的电脑上，依旧保留着表弟最后那天的照片。他靠在玻璃窗上，闭着眼睛，春天的阳光那么新鲜地照在他的脸上。他的心情是那么好。我不断地放大表弟的脸。那个陌生的拍照者手机像素不是很高，才放大了两倍，表弟的脸就有点虚了。不过，我还是能隐约认出表弟嘴巴上那一圈细细的绒毛，它们还没有变粗变黑，它们还没有变得茂盛而执拗，它们跟表弟的人生观一样，细小得让人无法觉察。

我时常回想起跟表弟小时候一起玩的那些游戏，不是电脑上的那些，是那些幼稚的生活游戏。表弟奶声奶气地说，表姐，我们来玩反义词游戏。

"我不是杜亮——的反义词"。我就接上——的反义词，表弟再接上——的反义词……必须一口气接下去，谁都不许换气，谁先断谁先输。表弟总是输给我，"的反义词"这句话，一直牢牢地掌握在我的口中。只有这样，任何次反义词都失去了意义，最终整个句子总会归为"我不是杜亮——的反义词——的反义词"，最终输得气喘吁吁的表弟一声怪叫，跑开了，边跑边笑着，直笑得筋疲力尽游戏才算玩完。每次都是这样，表弟这个笨蛋，从来不晓得修改题目，不晓得一开始就开出"我是杜亮——的反义词。"

不过，表弟也有赢我的时候。

"表姐，我们来玩争上游！"于是，表弟认真地发牌，理牌。因为手太小了，表弟理牌通常都很慢。我一手好牌，先出。一只大鬼，要不要？一个炸弹，要不要？一只小鬼，要不要？三个皮蛋带一双四，要不要……稀哩哗啦，表弟还没反应过来，我手上的牌就出光了。表弟很不解，眼睛眨巴两下，看看我，再看看自己手上歪歪斜斜的牌，眼睛再眨巴两下，嘴巴一扁，嘹亮的哭声就像军号，把正在外屋忙碌的大人们集结了过来。我落荒而逃。隔着房门，我还能听到表弟杀猪一般的哭号——表姐欺负我，呜呜呜，我的牌都还没理好啊，啊啊啊……大人便是一阵息事宁人地安慰：表姐那么坏啊，我等下拿鞋板来拍她……

我顿时从赢者变成输家。表弟自有爱护他的人主持公道。

可是现在，表弟不玩了。表弟的牌还没理好，就离开生活这个大赌局了。这是个由无数对互为反义词的词组构成的无数次赌局：胜利和失败、强者和弱者、笑和哭、富裕与贫穷、光荣和耻辱、忍耐和爆发、对和错、开始和结束……表弟说——我不跟你玩了！

Chapter Six

小姐妹

至少，跟在左丽娟的身后，顾智慧再不会遇到迎面来人的时候，总是拿不准该朝左还是朝右偏，不需要摇摆几个回合才能跟人顺利通过。左丽娟对她说，你只当自己上崂山学会了穿墙术，快走，直穿，警察都会给你让路。这是左丽娟的说话方式，顾智慧习惯了就不会笑。很多时候，左丽娟总像生活在自己的梦里，渐渐地，两个人越走越近，顾智慧觉得也要被左丽娟拉进梦里了。

算起来她们认识快半个世纪。结婚前，一起在地区招待所工作，住在同一个宿舍；结婚后，大概中间隔了个三四十年的光景，彼此联系稀疏，各忙各家，偶尔在菜市场遇见了，寒暄几句，或者在树荫下交流一些实用的生活小资讯。重新走近起来，也就是这两年的事情。

"喏，这是我小姐妹。"左丽娟第一次带顾智慧去喜悦茶楼，对推着艇仔粥车的服务员说。于是，小姐妹顾智慧的那份粥面上，多铺了几段剪短的油条。左丽娟在喜悦茶楼是很有面子的。退休以后，她每天早上都来这里"上班"，一盅茶两件点心，在临靠西江的那个窗边圆桌，太阳就像左丽娟的指定服务员，一挨到桌布，就把她吃过的杯盏给收掉。左丽娟下楼的时候，跟来午饭谈生意的三两顾客擦肩而过，她脸上露出的笑容，就像刚谈完了一笔大生意，扬长而去，而这些人仿佛已经错过了什么。

顾智慧对这种笑容感到特别陌生。事实上，左丽娟向别人介绍自己是小姐妹的时候，她也觉得别扭，她六十四岁，左丽娟虚长三岁，跟那些手牵手逛街的年轻女人不一样。更重要的是，那时候她们还没那么亲密。左丽娟告诉她，对她印象最深的，就是一个热辣辣的中午，她们在灯光球场边偶遇，顾智慧胸前一大摊湿，急急忙忙赶回家喂奶。这个记忆跟现在相隔三十六年，那个嗷嗷待哺的儿子已经开始哺育自己的儿子了。而对左丽娟呢，顾智慧却记得要更早，在招待所整理蚊帐，左丽娟双手一抬，衬衫下露出一小截白腰，正中间一粒肚脐，像一只正在微笑的酒窝。而这记忆离现在已经四十多年之久远。不过，这些记忆正好像各自的养老金，一点一点取出来用，她们临老作伴，也能相互信任。

她们终日无所事事，从茶楼出来，就在骑楼城晃晃，消消食。最终都要坐在北山脚那条小岔路的阶梯上歇歇。

"我跟你说啊，这棵木棉是我家的，刘同志种的，现在都比他的腰粗了。"左丽娟指着阶梯尽头那棵树，表情就像一个业主指着自己气派的公寓。

木棉树不高，树干却粗壮。她这么一说，顾智慧就想起了刘同志的样子，那个部队转业到肉联厂工作的司机。出嫁之前，令左丽娟最犹豫的就是他胖墩墩的身材，顾智慧为此劝过她好一阵。那个年代，人好工作好就值得嫁。再说，她们两个都长相平凡，再从外表上挑人，就贪心了。如果时光倒流，允许她们贪心一点，估计她们最想要的是挑个健康的丈夫，这样也不至于两个老太婆坐在这棵木棉树下，翻来覆去扯陈芝麻烂谷子的往事，而多半都会讲到各自早早死去了的丈夫。

"你听说过没有，社会病，真好听，那个骗子！"顾智慧说起这种病，还会愤愤不平，仿佛发病就在昨天。即使左丽娟怎样开怀大笑，她都不会那么快释然。当年终日咳嗽的廖崇文对顾智慧说，自己得的是社会病，很多人都有，不打紧。在那个年代，"社会"这个词一旦落在某件事情前面，性质就不一样了，代表着一种集体责任感，是光荣的，顾智慧怎么会因为廖崇文的"社会病"嫌弃他呢？那太没有责任感了，她甚至还愚蠢地认为这是一种光荣的病。

事实上就是肺结核病。之所以被称为"社会病"，大概因为那时国家刚刚攻克了肺结核的治疗难关，得到了极广泛的重视和宣扬。这种"光荣"的"社会病"，一直消耗着廖崇文的体质，病病歪歪一辈子，勉强给顾智慧带来一个儿子，五十岁刚过一点，廖崇文抱着他的"社会病"光荣地再见了。"那个骗子"，顾智慧总是这么开始回忆的。令她更生气的，是"那个骗子"给她留下个没用的儿子，赚不到钱，结婚生子后依旧住在她家里，又是个老婆奴，媳妇的那个架势，迟早是要把顾智慧挤出自己的家。这个苗头不是没有，跟左丽娟在一起久了，她越发不想回家，生气的时候会捡几件换洗衣服，住到左丽娟家里去，就像回娘家般理直气壮。

"刘同志死的时候，我才见到他瘦下来的样子，更加不好看。"跟顾智慧不同，左丽娟不生气也不悲伤，对眼下这些越发难消磨的日子她似乎看不见，她兴致勃勃地吃饭穿衣，脸是六十岁的脸，但衣着却一点不输那些每天上班的女人，就算出门买根葱，都要花上十分钟搭配衣服，好像街上的人都是一面镜子，一不留神能照见自己的邋遢。

坐在木棉树下，左丽娟教顾智慧用两只手拍打大腿两侧的胆经。她有很多这样的养生常识。"拍打这个穴位，人就会舒服起来，高兴起来。"

顾智慧一肚子的牢骚和忧愁，她高兴不起来，每天回家面对媳妇的臭脸和儿子的无能，是她逃避不了的现实。

"左丽娟，我现在一点不怕死。"她们习惯喊对方名字。

"这种事情，怕得来的？"

"听很多人说，人死之前，会看见过去的一些事情，真真的。"

左丽娟转过头去，看顾智慧一脸认真，就嘲笑她："说这些话的人又没死过，他们怎么知道？鬼信。"

顾智慧低下头想想，似乎也觉得有道理。

"光看看又有什么用？到我死之前，就把过去的东西重新叫回身边。"左丽娟那样子，像在菜市场跟鱼贩子讨价还价。

讲讲生，讲讲死，两个人然后在刘同志那棵木棉树下分手。

木棉树算是马王街的一个地标。倒不是它有多夺目，仅仅因为它是马王街的尽头。坐上出租车去马王街的人，都会说，开到北山脚那棵木棉树下。没有这句话，司机会拖延着发动机，他们才不愿把车开进这条窄巷子里，稍不留神，就会撞散某户人家积攒在门口齐人高的快递纸箱，倒霉的话，还会压伤某只脏兮兮的小狗，这个时候，即使是一只吃百家饭的狗，也会冒出个人来替它出头，要求赔偿医药费。如果乘客不懂得交代这句话，司机就会声明——只能开到那棵木棉树的，上不上？

　　左丽娟的老房子，就在离木棉树不到五十米的地方，算起来也是马王街的尽头了。窄长的两层楼，红砖墙，每层楼带一个小阳台，不是原配，是后来木头加装的。在马王街，这样的房子已经不多，多数是八九十年代那种走楼梯小高层，铺着石米颗粒的外墙。除了打车进来的人，从木棉树下车会经过左丽娟的房子，步行进来的人，多数选择从大东路口拐进来。大东路是通往新城区的一条干道，亮堂、热闹，沿街商铺都放着最新流行的音乐。也许沾着点现代气息回到这里，他们才不至于觉得生活在马王街是被遗弃。

左丽娟也不走捷径，穿过整条马王街施施然走出大东路。几十年下来，这里的人都知根知底。他们会对着她的背影议论，但谈资往往稀缺。只知道左丽娟一儿一女，都不在本地。多年前女儿出嫁的时候轰动过一阵。十几辆娶亲车强行从大东路钻进来，一直开到左丽娟家门口，新娘子上车后，左丽娟命令他们原路返回。因为路窄，车子没法掉头，是用车屁股退出去的，人们站在自家门口指挥着倒车，大呼小叫，进进退退，那阵势不像娶亲，倒像是将一个庞然大物抬出马王街。路面上看热闹和帮助指挥倒车的人，最后一律都得到一个一百元的红包。因为这些广东牌照的车和红包，人们认为左丽娟女儿嫁的是个广东黑社会，花的都是黑钱。这个说法不是没来由，左丽娟总是跟那些想要欺负她或者小看她的人说，我有的是钱，我儿子在澳门开几个赌场。那些人就将信将疑地跑了。

顾智慧没见过那一儿一女，偶尔能从左丽娟的嘴里听说。比方说，在服装商场跟人砍价，砍得伤人自尊了，人家很不客气地将裙子夺回来，并送上一句："这个价格，连步行街地摊上都买不到。"左丽娟就会很精明地说："这种料子不值这个价。我是很懂行的，我女儿在广东做服装生意，每年交几千万的税。"或者在超市，拿着条形码跟收银员要讲价，后边排队的人等烦了，嫌弃地说："没钱就去街边士多店买，别在这里挡路。"左丽娟就会摆出一副财大气粗的样子告诉对方："我有的是钱，我儿子在澳门开几个赌场。"这些话，也不管人家相信不相信，她讲得认真。

端午节那天，喜悦茶楼早早就挤满了人，他们一多半是坐在这里，开壶茶，等着看西江上的龙舟比赛。左丽娟临窗的那个老位置，茶位费翻了五倍，成了贵宾席。左丽娟不在乎，依旧带着顾智慧早早就坐在那里。她今天倒是很应景，没穿连衣裙，一身运动打扮，白色T恤和露出小腿肚的紧身黑裤子，平时盘起的头发也扎成了高高的马尾。这打扮跟她满脸的皱纹是不相衬的。穿过人挨人的桌子到点心区拿马蹄糕的时候，顾智慧看着她的背影，不期然地又恨起"那个骗子"来，她从来没有穿过这么白的 T 恤，她从来没有那么精神抖擞过，仿佛早早就被传染到了那种该死的"社会病"。

她们不断会遇到各自认识的人，一般就简单打个招呼。左丽娟不是那种遇见石头都要说几句话的人，更不会在人面前诉说家事和病痛以获取对方的共鸣。可是这些老人们遇见了，不说这些基本没话好讲。

顾智慧意外地看到了吕教授。从楼梯上来之后，一直朝大堂里看，不像是找人，而是找空位置。他没往窗边看，事实上，一目了然，那里不可能再有空位置。顾智慧倒是一直看着他，犹豫着是否要喊他。看起来，吕教授对这个嘈杂的环境不适应，没一会儿就想放弃，转身打道回府。顾智慧站起来，朝他边喊边挥手。吕教授依旧没看到她，转身朝楼梯走去。

"把他拉过来坐。"左丽娟在一边看得着急。

圆桌上便多了一杯茶，一副碗碟，几笼新叫的烧麦和虾饺。

穿着格子衬衫的吕教授斯斯文文地坐在她们面前。左丽娟大大方方盯着他看，东问西问，又说："我这个小姐妹啊，心特别好，一辈子为了家庭，到现在还是奉献。"就好像他们的相识早于顾智慧一样。

吕教授笑吟吟，一直点头。他和顾智慧其实没那么熟，属于见面打个招呼的关系。顾智慧不断为吕教授添茶，往他的碟子放一只只虾饺，说还没好好谢他当年给儿子辅导作文。吕教授对这件事一点都想不起来了。

吕教授跟顾智慧住在一个片区，几十年街坊，退休前是师范学院的老师，算是那个片区学问最高的人物了。人们虽然不太能理解他教的是什么，但是家里的小孩子遇到难题，无论文理，都想着去找他，是否解答得了他们也不太有数，好在他态度好，有求必应，属于德高于艺的那种人。就算再粗鲁的人，路上看到吕教授慢吞吞地迎面走来，也会放轻了脚步，恭敬地喊一声吕教授。吕教授走路不快，据说是因为一辈子教书，站久了，双腿的脉管暴突，走快了会发炎。就连吕教授这种病也得到人们的尊敬，倘若看到他家门口被不知道什么人丢了些乱七八糟的啤酒瓶子、西瓜皮之类的，路过的人会自觉将它们收走，生怕这些东西绊倒吕教授。顾智慧说，吕教授就应该得到好好的照顾。事实上，吕教授跟陈师母恩爱一辈子，七十多岁每天散步还手挽着手，当然，也不排除是腿的缘故，陈师母充当了手杖，因为两年前陈师母先走一步，一夜之间，人们看到路上的吕教授手上挂着一根白手杖，走得更慢了。

"吕教授，早就听说你学问高，我有两个孩子，儿子考上清华，女儿考上北大，是不是也很厉害？"

吕教授反应得有一点慢，就像他走路一样。他慢慢地展开了吃惊的笑容，又慢慢地朝左丽娟竖起了一只大拇指，觉得一只还不够，又竖起了另外一只。"那是太厉害了，不是一般的厉害，你真了不起！"

这句话让顾智慧好歹松了一口气，要不是壶里的水刚加满，她都站起来想拿水壶去灌开水了。

"不是我了不起，是我那两个孩子从小都争气，那时候我们都上班，哪里有工夫管的，全靠他们自己努力。"左丽娟欣慰又自豪，笑起来就像真有其事。

"那是的，孩子有出息，全靠自己，家长和老师其实帮不上什么。"当了一辈子老师，吕教授倒是谦和地认同这个观点。

得到吕教授的认同，左丽娟笑得眉毛高挑。顾智慧却如坐针毡，她宁可听到左丽娟讲他儿子在澳门开赌场那样的话。

好在这时候江面上传来了隐约的锣鼓声，远远地，就看到几条龙舟，蜈蚣脚一样密密地朝这边划过来。

"到了，到了。"顾智慧第一时间喊了起来。

茶楼里开始沸腾起来，人们都朝窗边拥过来。

左丽娟比任何人都兴奋，她站了起来，早早就开始朝窗外挥手，"加油，加油，加油，加油……"

顾智慧每次将视线从窗外收回来，都能看到左丽娟那件白T

恤下露出一颗肚脐，跟从前不一样，它皱巴巴地深陷在里边，就像一个愈合经年的伤疤。

事后顾智慧问左丽娟，要是被吕教授当场揭穿了怎么办？

左丽娟坦然地说："怎么可能，他又不认识我孩子。"

在这个小城，考上清华北大的孩子屈指可数，就连他们的父母都家喻户晓，吕教授怎么可能不知道？

"我真的梦到过好多次，儿子考上了清华，女儿考上了北大，我记得清清楚楚。"

顾智慧觉得左丽娟连梦话都讲出来了。"我也梦到过无数次，儿子媳妇搬到半山一品的别墅去了，醒来就听到那女人在隔壁骂我儿子的声音。"

不过左丽娟对吕教授撒谎，顾智慧并不生气，反觉得高兴，她认定吕教授就像电视剧里那种心地好、讲礼貌的老派绅士。晚上，她还高兴得做起了梦来，梦见吕教授拄着白手杖，穿着白天那件格子衬衫，跟她妈说："我想娶你的女儿。"她妈不同意，板着脸：

"你那么老，不行，死都不行。"吕教授又苦苦哀求，转去抓顾智慧的手，顾智慧被她妈硬拽走了。醒过来，顾智慧的眼前还能看到苦苦哀求的吕教授。她在床上赖了很久才肯起床。

"你说荒不荒唐，在梦里，吕教授是昨天那么老，我还是个姑娘，没出嫁之前那个样子，我妈也是那个时候的样子。"顾智慧跑去跟左丽娟说这个梦的时候，脸都发烫。

"在梦里，有什么不能想的？吕教授人真是不错的。"左丽娟不时调戏顾智慧，反复说一定要帮她约吕教授。

果然，左丽娟又约吕教授到喜悦茶楼喝了几次茶。吕教授虽然话不多，但是一个很好的倾听者，她们并不会因为吕教授而感到不自在，拉拉杂杂，也不避讳讲各自死去的老伴，自然，孩子的话题是没再提起过了。

立秋那天，左丽娟说请吕教授贴贴秋膘，吃午饭。几个小菜，一大锅腊味煲仔饭，三个勺子在煲底挖汁液浓郁的锅巴吃，就像一家人一样。吃得差不多，左丽娟忽然说要到楼下的益佳超市买东西。趁左丽娟下楼的时候，吕教授终于抢到了埋单权，心情松快地喝起了茶。

顾智慧看着小口小口喝茶的吕教授，又想起自己那个荒唐的梦，她在心里暗笑，如果那个梦里，吕教授拉的是对面这个老太婆的手，她妈必定会一千一万个同意。

过了一阵子，左丽娟就回来了，手上拎了一个鼓鼓囊囊的大袋子。还没坐稳，她就从袋子里掏出一包东西扔到桌面。

"顾智慧，给你买了两包，促销便宜，反正你每月都要用的。"

一包卫生巾，粉红色的塑料包装，端端正正地摆在吕教授眼前。

顾智慧被这包粉红的卫生巾吓坏了，一句话都接不上。吕教授的反应倒比谁都快，他不动声色，站了起来，脚步还没开始迈，那根白手杖就已经笃笃地朝前点了几下。"我吃好了，二位慢聊，谢谢，谢谢。"他朝她们挥挥手就走了。

"我们谢你才是，今天你破费了，下次我来。"左丽娟自自然然地目送吕教授。

顾智慧盯着那包卫生巾，就想把它扔到江里去，但她连碰都不敢碰。

左丽娟大概是发神经了，或者一个人生活久了，捂出毛病了。顾智慧后来想，她肯定是故意的，但这应该不是某种阴谋，甚至也有可能是某种好意。可是，这比梦还荒唐的事情，左丽娟怎么能做得出来？她不知道最后左丽娟怎么处理这两包东西，促销的货品一律不能退换，但她无暇为她考虑那么多了。她对她生了很长一段时间闷气。而左丽娟对她的解释就是："还有六十多岁生孩子的呢，这有什么不能相信的？"

顾智慧完全不能接受这种骗人的方式，事实证明吕教授也接受不了，自那以后，他再也没有跟她们共度早茶，在路上偶尔遇见顾智慧，两人也只是默契地打个招呼，就好像过去那几次聊天只是在梦中发生的一样。

那件事之后，她们之间有点疏远，倒不完全因为生气，她们不是小年轻，恩怨这类东西通常只会变成反复挂在嘴边的牢骚，就像对于某种慢性病的倾诉。顾智慧的儿子患了急性阑尾炎，做完手术在家休养，顾智慧就没空了。接送孙子放学，煲汤烧饭，等到恢复正常，又临近春节，搞卫生，备年货，只抽空给左丽娟打个电话问候，相约年过好了再聚。毕竟她跟左丽娟不一样，她是个有家的人。

　　没等过完正月初三，顾智慧就接到左丽娟的电话，让她抽时间到她家，说是有事要拜托。顾智慧吃过晚饭就赶到马王街去了。还没走进那间红砖房子，就看到西侧那面墙上，一只大大的圆圈里围着一个"拆"字，跟旧城区很多老房子墙上的一样。她万万没想到，也就是几个月没来，这房子竟要被拆迁。

　　敲开左丽娟的门，顾智慧吃了一惊。满眼看去，屋子里的沙发、桌子、斗柜等大件家具，都用花花绿绿的旧被套、旧床单裹了起来。左丽娟从墙角搬张小竹椅给她坐。也没倒水，因为饮水机已经被塑料袋从上到下裹得严严实实的。

顾智慧以为左丽娟要搬家，没想到左丽娟是要回老家。橘子洲。她听左丽娟说过很多次，就是当年毛主席游泳的地方，她用湖南话给她背那首诗，听起来像唱歌一样好笑。

左丽娟告诉她，她农村老家的妹妹，生了一堆孩子，最后一个女儿最有出息，考上了北京一家民办大学，成为全家人改变命运的赌注。可是，一家人除了务农，就是在外边打工，每年一万八的学费，还有北京的生活费，一年六七万都拿不下来，压力实在太大。过年前，妹妹给左丽娟打电话，试探着问姐姐有没有落叶归根的想法。妹妹的意思很明白。左丽娟给顾智慧算了一下，要是回去住在妹妹家，每月从退休金里拿出三千付伙食费，帮补一下妹妹，自己还能存下个一千多，钱不会花光，生活上也有个照应。

"这房子，我放给中介了，估价能有个三十七万，不低于三十五万。"左丽娟要拜托顾智慧的事情就是有人看房的时候，让她来开开门。

即使左丽娟一向是个行动派，但这想法顾智慧之前一点都没听她提起过。

"房子卖了，以后不回来了？"顾智慧看看左丽娟，又看看那些即使被蒙起来依旧能想起它们的样子的家具，好像在这里住了几十年的人是她。

"回来就住宾馆呗，大东路那家环球宾馆我一次都没住过。"左丽娟说得轻松，顾智慧一点都轻松不起来。

左丽娟把钥匙交给顾智慧的时候，同时递给她一个盒子，说是送给她留念。听到留念这两个字，顾智慧鼻子一阵发酸，她终于接受了这个事实，她跟她的小姐妹左丽娟就要再见了，说不定以后也见不上了，谁知道呢，她们都是老人，每一次跟别人说再见都有可能是永别，这事一天天在她们身边发生得越来越多。

那只薄荷绿色的硬盒子上，画着一个金发贵妇人，披着一块好看的披肩，坐在窗前，窗外是一片花团锦簇的庭院，太阳在远远的山边，摆在贵妇人面前的小圆桌上，一只印着几朵薄荷绿色花朵的白色茶壶、一只站在薄荷绿色碟子上的白色小圆杯、一只斜斜插在杯子里的小勺子……这些画面上印的茶具，顾智慧打开盒子，掀开那层锦布，一只一只都看到了。

"女儿去英国度蜜月买给我的，她说英国贵妇人喜欢在下午四点喝茶。可能我们喝早茶的时候，那些外国佬还在睡懒觉。女儿说，其实外国佬都很懒。外国佬命真好。"左丽娟轻轻将茶具一只只拿出来给顾智慧看，又一只只地放回去。

"女儿知道你回老家？"

"女儿？"左丽娟缓慢地摇了摇头。沉默了许久，她走上二楼，下来的时候，手上多了一只相框。

顾智慧第一次见到了那一儿一女，站在左丽娟一左一右。应该不是最近的照片，中间那个笑眯眯的左丽娟，比现在看上去年轻个十岁的样子。从儿子的身上，顾智慧隐约能看到刘同志的影子，不过身材要高一些。

"这是女儿结婚前，我们在北山上照的，几年后，女儿就没了。"

对于左丽娟这一儿一女，顾智慧不是没有做过相应的联想，也努力从左丽娟的谎话里寻找过一些蛛丝马迹，但真相令她始料不及。对于她们这个年纪的人来说，逐渐只认定从老到死的顺序，因为这是她们正在经历的阶段。

如那些人所说，女儿的确嫁了个黑社会，儿子的确是开赌场，不过不是在澳门，而是在江门，离这里五百公里之外。当年女儿嫁到江门，儿子就跟着她姐夫去混了，也就过了几年好日子吧，女儿肚子里的女婴还没生下来，在某天下午，黑社会的仇家找上门来，女儿女婿当场送命，儿子从此跑路，东藏西躲，过年过节偶尔给左丽娟汇点钱，地址都不一样，手机号码也不时更换。

这简直就是电视剧里的情节，左丽娟讲起来平淡无奇，好像这些也是她谎言中的另一个版本，顾智慧完全不敢相信。

"如果时间可以倒流，我一定会像你妈在梦里那样，对那个人说，不行，死都不行。"

可是，时间这种东西，在梦里也不一定肯倒流。

她们很长时间没再讲话。

左丽娟送顾智慧出门，路灯幽暗，但西墙上的那个"拆"字竟然比路灯还亮，就像月亮照亮了它身边的乌云，这个字也能照亮花架上那一丛茂盛的紫苏。

"这房子什么时候要拆迁？还能卖出去吗？"顾智慧才想起来问。

左丽娟猛地一拍手掌，拉着顾智慧的胳膊，走到那个字下面，问她："你看，这个圈我是不是画得很圆？"

是左丽娟在某个晚上，搬把梯子，自己画上去的。中介告诉她，这种老房子卖不出去价格，除非是拆迁房，买下来还可以跟政府谈判。

因为害怕马王街光线不好，左丽娟在油漆里调入了些荧光粉，只要有一点光照到，这个字就会发亮，就像大东路上那些斑马线。

"还记得在招待所那会儿，我们负责出板报，你抄语录，我画红太阳。"

顾智慧抬头看着这个像中秋月一样圆的圈圈。两人迸发出一阵大笑。

她们回想起了很多往事，一路讲一路穿过了狭长的马王街。夜深人就静了，这地方一点过年的气氛都没有。她们的分手跟往日的分手也没什么两样，只不过站在路口似乎话还说不完。

"如果在家里实在住不下去，就住到这里来。"左丽娟嘱咐顾智慧。

到家楼下，顾智慧才想到自己应该跟左丽娟说一句同样的话："如果在家里实在住不下去，就回来。"她想着想着眼泪就下来了，待了一会儿才上楼。

共计有四五拨人来看房子。最后一个看起来是做生意的，胳膊上夹着一只坤包，他只在房子内部看了一眼，都没上二楼，倒是围着房子前前后后转半天。他问中介，这个宅基地有多少平？

前后左右的地界到哪里？这些问题，中介答得模棱两可。房子是马王街最尽头的一户，再往上走就是北山脚了，他想确认买下来可不可扩建，确认等到拆迁时到底跟政府可以谈多少价。

顾智慧指着不远处的木棉树，理直气壮地告诉那男人："那棵木棉树是她家的，这里都是她家的。"她用手画了一个大大的圈。

那男人一听，似乎有点动心。"三十七万太多了，这么破的房子，少个五万差不多。"

中介告诉他业主最低只能接受三十五万。那男人又转向顾智慧一通磨。

顾智慧心里没底，一直看向那棵木棉树，好像那里站着刘同志。

"不能少的，如果加上这棵木棉树，三十五万都太低了。"

男人沿着马王街独自转悠一会儿，又回来跟中介说："前面那些房子都没有一户拆迁的，真奇怪。"他看了看墙上那个"拆"字，满脸疑惑。

顾智慧心脏都要跳出来了。

"李先生，这个价格，即使不拆迁，也很值了。"

李先生夹着坤包走了，说是要回去考虑考虑。

第六拨看房的人还没出现，夏天没过完，马王街的街坊还等着火焰一般的木棉花掉落地面，他们好拿个篮子去捡来，晒干，他们每年这个时候都要煮木棉花凉茶，好去去积存在身体里的湿气。这一季花开得特别好，每一朵都撑开了，肥厚的花瓣将花蕊包围得密不通风，像一只吃饭的碗小心地护着珍馐。偶尔有几朵不堪重负，跌落树下，能听到笨重的一声"噗"，好像时刻有人藏在树后等着看笑话，一落地就笑出了声来。

左丽娟回来了，坐在满树的木棉花下等顾智慧。比顾智慧预计的要早一点。顾智慧每次跟媳妇吵架之后，坚信左丽娟在橘子洲妹妹家肯定住不安稳，这预感往往跟左丽娟通过电话后都得到了很好的印证。

"还是很开心的，他们带着我游遍了长沙，岳麓山、马王堆、五一广场……要不是我扭了腰，还打算要去张家界的。"左丽娟翻出手机上的照片给顾智慧看，好像她回去一趟仅仅是为了旅游。

扭了腰之后，就连上厕所都要人扶。这是钱解决不了的问题，人就更加没法解决了。左丽娟说，在那里，居然水土不服，总是拉肚子。

看起来，左丽娟的确是瘦了一圈。

"最重要的是，刘同志也水土不服，大晴天去摸摸那个罐子，还是湿腻腻的。"

走之前，左丽娟打定主意是要在家乡终老入土的，所以把刘同志的骨灰罐也带了过去，现在他们又一起回马王街了。

她们重新过起了那种日子，喝个早茶，逛逛骑楼城，听到某个超市搞活动，无论多远的路，都会乘公交车赶过去，那些优惠出来的满足权当她们晚年的幸福。顾智慧在左丽娟的鼓励下，穿上了多少年没穿过的花连衣裙，在那截久不见天日的锁骨下方，戴着一串"那个骗子"生前送给她的北海珍珠。商场里白得耀眼的 T 恤，买一送一，她们各要一件，碰巧也会在同一天穿着见面。

马王街那些人现在称她们是一对"母鸳鸯"，形影不离。

不久前的一个星期天，她们经过城区那间唯一的肯德基，顾智慧打眼看到儿子一家三口，坐在靠窗边的位置，每人都戴着手套，投入地共同撕扯一只鸡，那样子就像几百年没吃过鸡。左丽娟趁机邀请顾智慧冬至来家里过，打边炉，买几斤羊腿肉，清补凉汤做锅底，又温又补。在南方，冬至比过年大，顾智慧毫不犹豫地答应了。

河西最大的那个农贸市场，她们不常去，不是嫌它远，而是嫌它贵，它位于几个高档小区的中间点，只有地面一层，所以占地特别宽，便于住在那里的女人或者保姆，拉着小推车往返。她们要买的羊肉在冰鲜区，一溜过去有那么几档，每一档都统一摆着只大冰柜，一拉开，冰天雪地，全是那些她们从没去过的外地运来的海鲜、牛羊肉。

她们被一个热情的女人留住了。她拿出一大块硬邦邦的羊腿肉，告诉她们，是正宗青海盐滩羊肉，肉质紧实，一点都不膻。左丽娟接过来掂量了一下，嫌太多，两个人吃不完，女人马上说，要多少都可以切。左丽娟又问价格。八十八块。跟她们一路问过来统一价，估计是几家协议过的。

女人为了招徕生意，从身后的篮子里，拿出一包汤料说："免费送一包，配羊肉正好。"左丽娟接过来说："我们两个人，一包怎么分。"女人笑笑，又从篮子拿出一包。"那就一人一包。我要亏本了，一包卖十块的呢。"

她们在那一大块羊腿上比画着，从这里切，怎么切，女人一应照做。电锯一开，羊腿转眼就被卸成两半。左丽娟和顾智慧商量了一下，选择了她们事先看好的那一部分。

"二百零四块六。"女人麻利地将羊肉装进塑料袋。

顾智慧要掏钱，被左丽娟阻止了。顾智慧也不争，她们搭伴吃吃喝喝，你请一次，我请一次，早就形成默契。

左丽娟从钱包掏出两张一百。那女人朝着光线照了照，用手捏了捏，看左丽娟没再有动静，又重复了一遍："二百零四块六。"

左丽娟就摆出一副熟客的样子，朝女人大大咧咧地说："哎呀，零头就算了，我们经常来买的，老熟客了。"

女人一听，十万个不肯，"四块六又不是四毛六，我就赚那么一点，不行的。"

顾智慧熟悉左丽娟的套路，每次她都会跟人磨掉那些零头，好像她的舌头是把锉刀。河东菜市场那些人，几十年老面孔，基本都依了她，知道她套路的人，就在秤上做些手脚，抵消了磨掉的零头，彼此舒舒服服。但这一次，锉刀没有效果。女人死不肯松口，反而生气了，她认为已经白送了两包汤料，够友好了，不能再让步了。左丽娟则越锉越勇，以她的经验看，羊肉被切开了，不愿卖也得卖。

讲来讲去，女人翻脸了，把两张一百朝柜面一扔："不卖给你了。太过分了，没钱就不要来这里买，回你们马王街那边菜市，十块钱都有找补的。"

左丽娟盯着女人看，确认自己是否认识这个女人。

顾智慧立即接过话来，好脾气地对那女人说："哦，原来是老街坊啊，那就更好说了，算了，再给个两块钱，就当优惠街坊。"说着从钱包里要找零钱。

"谁要你两块钱，说不卖就不卖了。没钱买就回你们马王街去，不要在这里挡我生意。"

顾智慧朝女人大声地嚷起来："没钱？她儿子在澳门开几个赌场，女儿一年交几千万的税，没钱？你有没有搞错……"顾智慧火从肝上涌，那感觉就像跟媳妇开战前一样熟悉。

"哈哈哈……"那女人疯狂地笑了起来。"你有没有搞错，开赌场，做大头梦吧，谁不知道他儿子在下面加油站卖茶叶蛋，你去问问这里的人，他们运货到小湘加油站撒尿，同情老乡，才帮衬买他几只茶叶蛋，马王街木棉树那边有几个左丽娟？不是她儿子难道是鬼啊……"女人语速像打翻谷子般。

她的话还没讲完，就看到左丽娟一挥手，把冰柜上那几包牛羊肉样品，全都扫落了地面，有一包差点砸到了顾智慧的脚面。

女人见状，大呼大叫，从冰柜后面冲出来，死死拉着左丽娟的手，要她赔。

三个女人瞬间扭打在一起。隔壁摊档过来拉架的几个人拦都拦不住，刚扯出一只手，另外一只又支援进来了。围观的越来越多，拉架的人也多了起来，才把她们扯开。

最后，她们在几个人的监视下，在背后女人的骂骂咧咧中，走出了农贸市场，直到穿过马路，身后那几个人才没跟过去。

她们相互之间没说一句话。没走多久，就看到跨河大桥了，过了跨河大桥再走一点路，就能看到马王街了。顾智慧从没觉得河东河西原来那么近，她们所在的这个小城原来这么小，一点不夸张地说，今天迎面走来的那个人就是明天迎面走来的那个人，即使彼此不认识，即使她不需要摇摆几个回合才通过。

走着走着，顾智慧才感到自己的眼眶火辣辣地疼，经过商店橱窗，她照了一下，已经肿了起来，是刚才混乱中不知道被谁打了一下。左丽娟侧过脸去细看，用嘴巴轻轻朝那地方吹了几口气。

"不疼，什么感觉也没有，真的。"顾智慧不好意思，推开了左丽娟。

经过一家十元店，左丽娟忽然想起什么，一把拽住顾智慧，将她拉了进去。

出来的时候，每人的脸上多了一副一模一样的墨镜。刚开始，顾智慧走得有点紧张，只顾看脚下，好像那地面随时会陷下去，她每迈出一步都要迟疑一会儿。左丽娟就挽起她的手走。走了一阵子，顾智慧逐渐适应了，她的眼睛终于脱离了地面，朝四周张望，又朝天空望望，她完全放松了，有点兴奋，对左丽娟说："左丽娟，这样看外边那些人，就像在梦里看到的一样呢。"

左丽娟没吭声，只朝顾智慧咧了咧嘴。她庆幸地想，顾智慧这会儿应该看不到自己的眼睛，因为那些眼泪跌落眼眶的一个又

一个瞬间，即使她左丽娟活了长长的几十年，也都还不知道如何

面对。

Chapter Seven

父亲的后视镜

　　父亲生于 1949 年。过去，他总是响亮地跟别人说，我跟中华人民共和国同龄。不过，很久没听他再这么说了。退休前，父亲是个货运司机，跑长途。那些年月，汽车司机是很红的，跟副食品店员、纺织工人合称"三件宝"。父亲跟人炫耀光辉岁月，总是说，他最远跑到过天路，"呀啦唛，那就是青藏高原……"一说，肯定就要唱。天晓得父亲是哪个年代开到过天路的。别人要是问起，天路是一条怎么样的路？他无言以答，只顾哼"呀啦唛"，一哼没个完，好像他记忆里那条天路，开不到尽头，还时常超速，把人撇在后视镜都看不见的拐弯处。

公路上拖着大皮卡的那些货车司机，敞开车窗，赤着膊，肩头挂根油腻腻的毛巾，边扭动方向盘边朝窗外吐痰，或者逆着风大声讲粗话。父亲跟他们完全不一样，他无论跑多远，都穿得整整齐齐的，第二颗扣子永远扣牢以支撑衣领的挺拔，皮带卡在第二或第三只眼上，坐再久也不松懈。90年代初，发胶刚刚开始流行那阵，父亲的车上就一直备着一瓶，风从来吹不动他的大背头。人们说，父亲倒像一个开礼仪车的，后边那一大卡车的货物，就像一支仪仗队，父亲领着他们在盘山公路、国道上拉练。我记得很清楚，父亲的驾驶室上挂着一个小相框，倒不是常见的平安符之类的东西，也不是毛主席肖像，是他80年代在彩虹照相馆拍的4寸艺术照。所谓艺术照，也就是在黑白相片的基础上，涂上些彩色，眉毛加黑了，嘴唇微红，衬衫涂成了蓝色。坐在抖叽抖叽的驾驶椅上，父亲看看远方的路，又看看近前的艺术照，心里不知想到了什么，脸上露出了跟那照片一样的笑容，臭美地、轰隆隆地开向目的地。父亲的车开得并不快，他说，开得再快，也快不过前方那团云，一眼是这样，再下一眼，就跑样了，所以，着急啥呢？父亲不着急。父亲在路上跑的时候，感觉不到时光飞速，每次回家看看日历，摸摸脑袋，哎呀，这个月又穷啦？后来，我从物理课上学到了绝对运动定理，父亲在跑，时间在跑，父亲在路上的时间等于静止。

　　母亲在家守着我们兄妹二人，参照隔壁印刷厂工人老王一家五口的日子，时间就在做相对运动，跑得又快又漫长。母亲经常忧心忡忡地说："也不知道你们父亲在路上会遇到什么？"那个时候没有移动电话，全靠父亲途中从某个加油站，拨个电话回家报平安，有时候是清晨，有时候是深夜。后来我才弄明白，母亲最害怕父亲在路上遇到人。仔细想想，父亲每次出车，不仅自己穿得整洁，还把大卡车也擦洗得清爽，的确像一个出门约会的男人。母亲的担心不是没有缘由。事实上，父亲四十岁那年，他跟他的卡车的确开出过轨道。这事情无须隐瞒，在我们这条红石板街，只要住过些年头的人，都不会忘记父亲那次出轨。那个下雪的深夜，他们在梦里被一阵接一阵的汽车长鸣惊醒了，叫声既像一个人在发疯，又像是拉响的警报，听说有好几个人从床上蹦下地，出门打算要往防空洞逃了，后来发现竟然是一辆卡车，停在我们红石板街中央，在我们家楼下那片空地，瞪着大大的远光灯，厉声尖叫着。雪仿佛是被它从天上叫下来的，簌簌发抖着跌落地面。人们看着这不明来路的庞然大物，竟然不敢张口开骂，只是探出头去，像看到一只受了伤、不断哀号的野兽。

卡车不知道叫了多久，忽然一下子安静了下来，同时远光灯也熄灭了，人们才看见，我父亲那辆卡车不知什么时候已经停到了近前。他们先是沉默着，车头顶着车头。后来，父亲的卡车发动起来了，发出嗡嗡的叹息声。父亲一点一点地逼近，那辆卡车开始一点一点地往后退，一直退出了我们红石板街，在大转盘掉了个头，朝城北开出去了。父亲的卡车安静地跟在后边，打着亮亮的远光灯，照亮了前边的道路。一前一后，他们开到国道上去了。

被灯光照亮过的雪，是有记忆的，结冰时就把光锁在了里边。

两辆卡车留下的车痕，有时重叠，有时分开，每一段都特别深、特别亮，我母亲踩在车痕上，来来回回地走。天亮的时候，父亲回来了。如同他每次跑完长途回家一样，用热水把自己洗得干干净净，把大背头梳得亮亮的，然后倒到床上，睡了一个长长的觉。

人们再也没见到过那辆尖叫的卡车，他们总是不无遗憾地说，可惜那晚灯光太刺眼了，看不清车上那个四川婆。"四川婆"漂亮的吧？我母亲也常这样问父亲，父亲从来没正面回应过，在他看来，这问题就是公路上设的一个路障卡，他手握方向盘，绕了过去。

"不要总是老生常谈嘛，我们是新社会的人。我跟新中国同龄。"父亲理直气壮地越过这路障。

"新社会的人，就要做这样的荒唐事？"母亲眼眶就红了。

"好啦好啦，都过去了，已经开过十八道弯了，都过去了不是吗？"父亲就这么哄着母亲。

我们都没有见过"四川婆"，她是父亲远方的情人。

母亲生前也有一个情人，他总是在远方。父亲跑长途，远的地方，一趟七八上十天的，母亲就把父亲一件灰色的旧毛衣垫在枕头上，把手伸进袖口里，这样，她就躺在父亲的胸口上了，并跟父亲握着手。等到父亲出车回来，很奇怪的，那个远方的情人就消失了。她总是动不动就埋怨父亲，那种温柔的思念一扫而空。通常是吃过饭，把我们打发去做作业了，她就开始对着桌上的空碟、脏碗，责备起父亲来。归根结底，她是怨父亲不顾家庭，一个人跑到外边潇洒，留下她一个人在家拖儿带女。父亲也不逃避，安静地坐在母亲身边，用火柴将香烟点着后，花一点时间，用食指和拇指将火柴烧黑的地方捻掉，火柴变成了一根牙签，在父亲牙缝间进进出出。母亲那些唠叨在父亲耳畔进进出出，父亲像剔牙一样将它们剔了出来。

偶尔，父亲也不会绕开这些"路障"，会向母亲申辩。"你以为一个人在外边跑有多潇洒？我不累？你自己想想看吧？"母亲沉默一下，心里认输了，嘴巴还是要犟的："再累也没我累，我一个人，既要上班，又要照顾两个孩子，你一个人在外头，吃饱穿暖，全家不饿的……""我哪里是一个人了？我后边不是拖着一条大尾巴？"我母亲光联想到父亲坐在驾驶室疾驰的风光模样，她忘记了父亲身后那一车重重的货物。母亲无语了。父亲站起身来，拍着母亲的肩膀，柔声说："我哪里是一个人？我背后拉着一台拖拉机呢。"母亲彻底沉默了，肩膀慢慢地松懈下来。

父亲常说，他的身后拉着台拖拉机，母亲是车头，哥哥是左轮，我是右轮。

在我和哥哥的成长过程中，父亲经常缺席，他从来没有参加过一次家长会，他的签名从没出现在我们任何一本作业薄上。可是，父亲却为我们的求知欲付出过沉重代价。那一年，哥哥念初三，我念初一，我们不再满足从父亲捎回来的特产袋子上找课本里读到的地名了，我们缠着父亲讲那些地方。可是，父亲每每让我们失望。父亲抱歉地解释说，你们老爸天天坐在这个大玻璃罩子里，脚都不沾地，这些地方，多数是在镜子里看到的，你们知道，后视镜里看到的东西，比老王伯伯的风筝还飞得远，又远又小。

是的，隔壁老王伯伯经常从印刷厂里拿回些彩纸，扎各种各样的纸风筝，星期天带上他们家三个女儿到运河边放，我们也会跟去。运河边空旷，北风南风全都不缺，风筝遇到风就会失控，线一松就往天空蹿，很快就远成一个点了。既然父亲在路上看到的风景仅仅是那样的一个个点，父亲又有什么好说的呢？可我们还是不甘心。我们趴在父亲的卡车轮子边，用手摸着厚厚的轮胎，想要从那些粗糙的纹路里，找到父亲碾过的地方，张家界、桂林、南京长江大桥、嘉峪关……最后，我们钻进父亲的驾驶位上，吵闹着，让父亲带我们到公路上，到这个小城以外的任何一个地方去。父亲从来没有妥协过。运输厂纪律很严，别说是我们小孩子，就连母亲，都没坐过父亲的车出城，她最多坐过父亲的车到十里外的郊区农场买红茶菌。母亲恐吓我们说，别老缠着爸爸和他的卡车，要是爸爸饭碗丢了，我们这台拖拉机就报废了，到那个时候，拆掉你们这两只轮子，卖钱去。我们就再不钻进父亲的驾驶室闹了。

有一天，吃过晚饭，父亲从房间里拿出一沓照片，神秘兮兮地递给我们。我们一看，竟然全是父亲在路上拍的。原来父亲求厂里那个工会主席借了相机。这些照片拍下的多数是公路牌。很多地名我们听也没听说过：怀集、白沙、乐从、溧阳……也有我们知道的：桂林、长沙、武昌，天啊，竟然还有贺兰山。哥哥显摆地背起了那首诗："驾长车，踏破贺兰山缺，壮士饥餐胡虏肉，笑谈渴饮匈奴血。待从头，收拾旧山河，朝天阙！"父亲赞赏地看着哥哥，那目光让我嫉妒死了。母亲也凑了过来，一张一张去认照片上的地名。翻到一张"宁夏人民欢迎您！"的路标时，她激动了半天，说，哎呀，这就是宁夏啊。原来她读书时，有个要好的同桌，读了一年就跟着父母转学到宁夏，从此杳无音讯，似乎跑到西伯利亚那么远去了。所以，她对宁夏这个地名印象特别深刻。母亲像找到了老同学般激动。过后，我从书里找哥哥背的那首《满江红》，心里一阵郁闷，此贺兰山非彼贺兰山啊，当时，竟然没有一个人知道，就连开到过贺兰山的父亲也不知道。那么，父亲算不算到过这些地方?

　　逐渐地，我们不再满足看公路牌，我们吵着父亲要看风景。父亲只好拍些沿途的风景回来。一座奇怪的石头山，一排飒爽的钻天杨，一道有趣的倒淌河，以及一轮即将沉入群山的落日……父亲的拍摄技术不怎么样，他的取景器总是装不完那些美丽的瞬间，这时，父亲就会在旁边用话语补充给我们听，有照片为指示牌，父亲说得生动些了。

　　父亲拍回来的照片越来越多，也越来越好看，他被路上的风景迷住了。因为这些照片，我们觉得自己就坐在父亲的副驾驶位上，到了父亲所到的地方，看到了父亲所看到的风景，我们不再觉得父亲远得只剩一个点了。

　　我们开始记挂在路上的父亲，会看着街上任何一辆车，想，不知道这次，父亲又会拍回什么样的照片呢? 我们这样记挂着，觉得时间慢得像蜗牛。那天，父亲回来了，脸色沉重，二话不说，只顾喝水。气氛严肃，我和哥哥便没敢吵着父亲要看照片。母亲更伤心，她只是一直重复着那句话："阿基，就是不能停啊，以后千万别停了！"父亲没作任何申辩，他垂着头，乖乖地重复着母亲的话："是啊，就是不该停的啊，以后千万不能停了……"原来，父亲这次开到贵州六盘水盘山公路，那地方刚下过雨，山与山之间正骑着一道彩虹，像年画里看到的那么美。父亲生怕这彩虹消失了，连忙停下车，抓起相机，跑到路边拍起来。没想到，父亲停车的地方是盘山路一个转弯口，迎面一辆货车看到父亲的卡车时，刹车已经来不及，两相对撞，货车翻了，父亲卡车上的货物也被撞得七零八落。万幸的是，人没事。父亲被厂里记过处分，还要负责赔偿货物损失。

父亲再也没有停下来拍照。那些地图一样的照片，一段时间被我夹在课外书里，当书签。

父亲拉着我们这台拖拉机，吭哧吭哧地进入了新世纪，好在，我们都算争气，哥哥念了一所理科重点大学，毕业后在一家著名的证券公司工作，他骄傲地对父亲说，我跟您一样，也抓方向盘啦，我的手一转，上亿金额从我的手里转进转出。哥哥成了业界颇有名声的操盘手，赚大钱了，给父亲在运河边买了一套公寓。我呢，则读了文科，在一家报社工作，比上不足比下有余。在买下人生第一辆车那天，我隆重邀请父亲这个老司机坐到副驾驶位。那时父亲已经退休在家，开始看时间参照自己在做相对运动，他认为时间比过去快多了，像一辆改装后提速的卡车。我们一直朝城北开去，上了新开通的一条高速公路。父亲刚开始对车的感觉有些保守，总是盯着我的脚底下看，似乎害怕我踩错了油门和刹车。在高速路上飙了一阵，父亲才有点兴奋起来，他说，你这样开车，真像那个女人。我愣了一下，才明白他在讲"四川婆"。那个女人开得一点都不端庄。父亲说，就像你现在这样，从这条车道蹿到那条车道，我跟在她后边，净看到她的车屁股扭来扭去，野得很。父亲遇见那女人的时候，是想跟上她，教训她一下，对她说，车不能这么开，太危险了，刚才她超他的时候，差点撞上了他的车头。谁知道那女人一直没让父亲赶上，"扭着个大屁股，在我跟前晃啊晃的。"父亲暧昧地笑了笑，不知道是想起那女人还是那车的屁股了。父亲赌气地一路跟着她，那女人见甩不掉父亲，就那样保持着若即若离的距离。一直开到一个汽车旅馆，他们都停了下来。他们坐在一起吃饭，好像经过一路上的较量彼此已经熟悉。后来，父亲干脆请那女人喝起了酒，他们喝得很尽兴，每喝一杯就像在用手挂挡，一挡、二挡、三挡……他们加速度冲向终点。

我猜，父亲跟那个女人爱得很疯狂，那个下雪的夜晚，女人跟踪父亲来到我们红石板街，疯狂地撅响喇叭，母亲说，就像一只在雪地里撒泼打滚的母老虎。

父亲向母亲保证过，想要再跟那女人见面，除非母亲不在这个世界上了。不过，直到母亲去世，父亲也没再跟那女人联系。父亲说，怎么能开历史倒车呢?

父亲一辈子只会开车，也没有培养什么业余爱好。母亲去世后，他独自一人打发晚年生活。我们劝父亲学点什么，父亲都兴致不大，后来哥哥想起父亲曾经爱拍照，就给他买了架简易的莱卡照相机。父亲拿着相机在运河边转悠，将远景拉成近景，将天空的云图分成若干帧局部，将一朵花拆成几瓣，将运河搓成一根线……如此半年不到，父亲发现，从镜头里看到的世界，其实跟肉眼看到的也没什么区别。他不玩了，把莱卡相机放进柜子里。

60岁那年，医生检查出父亲的脊椎变形、增生，是长期坐在驾驶椅落下的职业病，晚年加重，压迫了神经，出现耳鸣、双腿发麻等症状。医生教父亲尝试倒着走路，可以锻炼脊椎，减轻疼痛。父亲很快喜欢上了这项运动，他做得很好。只见他双手握拳，双臂前后摆动，就像胸前摆着一只方向盘，父亲上下转动着它，一发动，便双膝微曲，左右、左右，一步步朝后退去。父亲倒行得很稳当，既撞不到朝前行走的旁人，也撞不到身后的树木、花丛、栏杆，仿佛他的身体左右各安了两只后视镜，背上装了只影像雷达，并且还发出了嘟嘟的警报声："倒车，请注意；倒车，请注意……"每天，父亲给自己定下了起点和终点，从稻香园小区出发，沿着河堤，倒行至拱宸桥底，再折返，参照那条一路向东流淌的运河，父亲顺流一趟，逆流一趟，如此往复，一日两次，服药般定时定量。这种有起点有终点的运动，让父亲找回了上班的感觉，少一趟他都会觉得浑身不舒服。

父亲倒行的本领日渐上乘，速度已经可以跟那些慢跑者相媲美，他就像车流中一辆逆行的车子，往往引来行人避让、侧目，父亲超过了这些人，并且跟这些人对望，他正视着他们，朝和善者微笑，朝埋怨者挤挤眼，直到把这些人远远地甩在他的正前方。有一次，由于手臂摆幅过大，父亲撞到了一个男人的脊背。男人停下脚步，朝父亲瞪大了眼睛，嘴里骂骂咧咧。父亲超过他之后，一边倒退着，一边朝男人作揖道歉，男人觉得父亲倒行作揖的动作实在滑稽，简直有点卓别林的效果，便转怒为乐，用手臂捅一下身边的女伴，两人指着父亲笑起来。父亲看着那对开心的男女逐渐从自己眼前远去，最终变成两只小点。父亲说，现在我才知道，原来后视镜里的小点是这样形成的，有趣。

父亲倒行遇见了很多有趣的事。那个漂亮的年轻妈妈拉着小儿子闪进灌木丛，不一会儿就传出了小孩哭声，父亲清楚地看到了她教训儿子的过程，她无声地揪着那孩子的耳朵，又无声地把作业本塞进那孩子的手上；那个跟在生气的姑娘身后的男孩，数次抬起手，虚拟着去敲姑娘的后脑，表情既无奈又解恨；那一对老头老太磨蹭地落在了晨运队伍后边，他们偷偷拉了一会儿手；那个拉着行李箱的少年后边，跟着个中年男人，他走一会儿，就将手背放到脸上抹一把，抹完还不忘东张西望……倒行不仅有趣，也使父亲的脊椎轻松多了，他在电话里对我说，就像有人在前边拉着自己走，一点都不用使力的，即使上坡也不用挂挡，哈哈。父亲神清气爽的样子，让我感到欣慰，也减轻了我对父亲的内疚，算起来，我已经有两个月没回家看过父亲了。

一个秋天的傍晚，父亲倒行至德胜桥底拐弯的一个小坡，竟发生了"车祸"。他的脊背重重地遭到了一下撞击，脚下一个趔趄，重心朝后倒，要不是刹车果断，他差点一屁股摔到地上。父亲随即听到了一声尖利的"啊呀"，之后很快爆发了一串响亮的笑声。

父亲掉转车头，察看车祸现场，只见一个女人先他转过了头，查明事故原因后，先笑了起来。那女人原来也在做着跟父亲一样的倒行运动，因而接收不到父亲身后的雷达警示，于是——两背相撞。

父亲停下了，女人也停下了。彼此道歉，并不追究事故责任。父亲和这位姓赵的女士，放弃了他们此次出车的终点，他们停留在各自的中间站，坐到运河边的长椅上，交流起他们的"行车经验"，聊得愉悦。自此，他们每每相约到德胜桥下的那张长椅，偶尔，也结伴倒行至武林门或者拱宸桥。那赵女士调皮地称父亲为"驴友"。当父亲头一回跟我说起这个词的时候，我还以为赵女士是位时髦的中年妇女。说实话，父亲孤伶伶的，我倒不拒绝父亲再找一个阿姨。

认识了赵女士之后，父亲生活变得丰富多彩，尤其晚上，他的手再也不去抓遥控器了，他抓住了赵女士的手。在横跨运河的那条潮王桥下，依着河堤的那只桥洞里，开有一间歌舞厅，名叫水晶宫，在运河一带是极其有"老人气"的，白天集中在河边运动的老人们，到了晚上会带着舞伴来这里娱乐。赵女士喜欢带父亲到水晶宫去"蓬嚓嚓"。刚开始，父亲不愿意去，他这辈子没跳过舞，跳舞对他来说是新事物，他的腿不懂得"前嗒嗒、后嗒嗒，蓬嚓嚓、蓬嚓嚓"，他的手从不会握着女人的手和腰，"左晃晃、右晃晃，蓬嚓嚓、蓬嚓嚓"。赵女士像唱歌一样念着这些口诀，培训着父亲。她说，"跳舞嘛，小意思，就是蓬嚓嚓、蓬嚓嚓嘛！"她边说着，用脚带着父亲，前前后后地舞了起来。赵女士跳起舞来，是真的很迷人的，父亲向我坦白过这一点。

据赵女士自己介绍，她今年五十有六，一儿一女都在外地生活，目前属于"空巢"一族，她跟她的老伴，呃，每每提到她的老伴，父亲总觉得她有满腹辛酸。起初，父亲倒不想太了解她老伴，横竖他和赵女士仅仅是驴友，即使像现在这样拉着手握着腰"蓬嚓嚓"，也只限于纯洁的驴友友谊。可偏偏赵女士最爱讲的还就是她老伴，仿佛那个人是缠绕她一身的慢性病，生气起来如山倒，多数时候提起来又如抽丝。时日长了，父亲渐渐明白，赵女士早就不想跟老伴过了，无奈就是找不到离婚的契机。明白了这一点，父亲的就心像碾到了一块石头，咯噔地颠了一下。在与赵女士认识、交往的这一路上，父亲的路况极其不稳定，总是被这样咯噔、咯噔地颠着，父亲的心脏就有了反应，他先是同情赵女士，后来，就喜欢上了赵女士。

某天晚上，父亲约赵女士又到水晶宫，买了两张十元钱含茶水的门票。他捏着赵女士的手，"蓬嚓嚓，蓬嚓嚓"。这晚，他发挥得尤其好，自我感觉也非常佳。父亲的外形在水晶宫里是出挑的，尽管他的头发稀疏了，但长年保持的大背头依旧隆起，闪着发胶浇湿的光泽，他的皮带还毫不吃力地搭在第二格里，他跳舞的时候，脖子尽量伸得长长的，在蓝莹莹的灯光下，就像一尾俊美的白条鱼；而赵女士呢，父亲觉得她就像风情万种的美人鱼了。

几曲跳毕，他们坐到边上的圆桌喝茶歇息。他们置身的水晶宫，宫殿的穹顶就是桥身，在音乐停止的间隙，能听到桥上过车的轰鸣，感受到车轮碾过桥身的颤动，在这些熟悉的颤动中，父亲一脚油门到底，朝赵女士飚出了一句："离婚吧，跟我过！"这句话一脱口，父亲就感到头顶的桥身上，一辆重型卡车正隆隆驶过，凌空的重量仿佛要压向自己。赵女士并没有回答父亲，只是站起身，优雅地朝父亲伸出一只右手，邀请父亲跳下一支快三。一被父亲揽住，赵女士才忽然变得羞涩起来，她服帖地倚着父亲，随着父亲的脚步，前进一步，后退两步……他们像两条优雅的鱼，欢乐、亲昵，在这幽暗的水晶宫里，游过来游过去。

隔三岔五地，赵女士就来跟父亲住。父亲先是觉得别扭，但又不愿意拒绝。赵女士生动活泼的生活作风，用父亲的话来说是——很有味道的。赵女士到家里来，改造了父亲的生活滋味，这滋味好是好，但细嚼起来也有那么点异常，父亲总觉得这样名不正言不顺的夫妻生活，实在是不成体统的，也心存隐恐，他说，哪天，老胡杀上门来，会宰了我们。尽管父亲从没见过老胡，也不知道老胡住在哪个小区哪间公寓，但在赵女士长期的描述中，父亲已当他是一位抬头不见低头见的邻居了。赵女士面对父亲的担忧却毫不在意，她总是说，老胡病快快的，拳头都握不紧，怕什么？再说了，我已经跟他分床住，等到春节，子女都回来后，我们就摊牌离婚。面对仍有疑虑的父亲，赵女士豪爽地说了一句："嗨，你怎么那么老派，现在都是新时代了，我们可是新时代的人啊！"父亲才想起，自己出生于1949年，是中华人民共和国的同龄人呐。

　　这么看来，赵女士是位开放、大方的新派人物，事事显示出跟这个时代合拍的步调，可唯独在见家人这件事情上，赵女士表现出了不可突破的传统。当父亲要求把赵女士带给我和哥哥认识的时候，赵女士却坚持自己的原则，理由是时机还不成熟，见过家人，那就意味着要成为一家人了，目前，"我们还不能成为一家人"，父亲把赵女士的原话告诉了我们，我和哥哥顿时觉得，这位赵女士有热情，却不乏理性，绝对是操持家政的一把好手。

一度，我们甚至把"成为一家人"当成了父亲余生的寄托，有这位驴友陪伴父亲同走人生最后阶段，也没什么遗憾了。

那年春节，注定是个不平常的日子，就连我那一贯运筹帷幄的哥哥也有点抓不准了，他给我打电话说，妹妹，会不会我们春节回去，家里就多了个新——妈妈？哥哥的心情跟我一样复杂。我更多地想起了我们的母亲，这个常年枕着父亲毛衣独自睡觉的女人，这个常年参照着隔壁老王家生活得又苦又漫长的女人。母亲没有跟进到这个越来越美好的新时代，她就是一台过时的拖拉机，永远停留在了那个埋头耕耘的年月。母亲真的没享到福。除旧迎新之际，往事历历在目，我想得泪流满面。不过，我又不得不宽慰自己，父亲跟赵女士结婚后，我就可以有理由长时间不回家了，我跟父亲的距离，就心安理得地处于一种远方的距离，而远方总是充满了想念，温柔、美好，我的父亲跟母亲就如同一张张旧照片，好好地珍存在我过去的某个远方了。

离大年三十还有五天，赵女士拎着一只新扫帚，几瓶玻璃水、油葫芦等清洁用品，风风火火地跑到父亲家，说要提前给父亲"扫垃圾"，因为两天后，她的子女回家，就没工夫管父亲了，她要处理离婚大事。父亲心里一阵温暖，将这个正扎着一块头巾用扫帚撩着蜘蛛网的女人认定为自己的妻子，并下决心跟她一起养老至终。

赵女士怕父亲被灰尘呛着，命父亲到运河边做做运动。出门前，父亲喝下了一杯浓醇的铁观音，他关上门的那一刻，隐约听到赵女士欢快地哼起了小曲。父亲微笑着下了楼，散步到河堤，"预备，开始！"父亲轻快地往后迈出了第一步。北风吹得树叶哗哗地往一侧倒去，似乎在为运河当啦啦队，有旁观者助威，运河跑得比平日快，像一个志在必得的冠军选手。父亲在逆风中稳住了自己，他双拳紧握，上下摆动着胸前那只方向盘，步伐如此坚定，仿佛他是在朝前奔去，是迎着风，相反，运河则在他的视线里一点点往后退去。父亲想着，那种孤单凄清的晚年生活，即将像这运河一样，速速退出自己视线了。父亲百感交集，他的思维在一个又一个弯道里行驶。

父亲倒行一个来回后，神清气爽地回到家，只见屋内窗明几净，悄无声息，一缕冬阳正罩着桌上那杯喝剩的铁观音，好心好意地为父亲加热着。毫无迹象地，赵女士如灰尘般消失了。就像一个会变戏法的女巫，赵女士骑着那把扫帚飞走了。她还把父亲衣柜里那些值钱的东西都变走了，包括：两只夏家祖宗传下来的金元宝、一对母亲的玉手镯、一只瑞士老手表以及那架还装着风景的莱卡照相机。父亲找遍了衣橱、壁柜、床底，甚至每一只抽屉，赵女士都不在里边。

父亲坚决不承认赵女士是个女骗子，他为她做过许多设想，他想得最笃定的就是——赵女士被老胡抓走了，没收了手机，软禁起来了。那么，老胡在哪呢？这个一度被父亲当成邻居却从没出现过的人，随着赵女士的消失，遥远得成了一个没有形状的黑点，甚至，一个点都不是，是一团白色的浮沫，逐渐消散。我们劝父亲报警，父亲死活不同意。他说，这绝对不是入室抢劫，哪里会有这么一个贼，先帮主人打扫卫生，然后再拿东西的？赵女士不是贼。好在，父亲的损失并不算太严重，加起来不过几万块钱。赵女士没拿走父亲的存折，她知道，拿了也取不出来，反而成为一名大盗。

父亲没有报警，他在水晶宫门口守了好些个夜晚，他在运河一带来来回回地碰，期待能与他的驴友重逢。这些美好的念头一次一次从侥幸的身边擦肩而过。整个冬天过去了，春天来了，万物发芽的时候，父亲将那些美好的念头掐芽，他将它们制成茶叶，泡水喝。夏天即将到来的时候，父亲终于敢直面这次挫败，他向我们坦白，跟那个女人好的时候，还给过4万元那女人代为炒股，也不知道她到底有没有炒。我和哥哥倒吸了一口冷气，像侦破一桩大案般，顺着父亲一点一点的交代，闪回了各种蛛丝马迹。哥哥说，遇到大盗了，这应该是一个有组织、有预谋的诈骗团伙，回过头看，父亲在德胜桥倒行的那次"车祸"，就是那女人的一次碰瓷。马路碰瓷这类手法，对于长期在路上开车的人来说，往往一眼就能识破，父亲为什么轻易就上当了呢？父亲没作任何解释，他低下头，用手慢慢地捋着那一丛稀疏的大背头，反复说："在那个地方，就不应该停下来的，不该停的，我真像驴一样蠢啊……"看着父亲这个样子，哥哥悄悄地对我说，我们的父亲真的老了，已经搞不定这个时代了。我的心里一阵疼痛。

父亲再不乐意在路面上倒行了。他跟大多数老头子一样，在运河边散散步，坐在长椅上晒晒太阳。不过父亲还是跟大多数老头子不一样，他不爱扎堆聊天，木乎乎的，找僻静的一截河岸，坐在椅子上，看着离自己不到十米远的运河，以及河上稀稀拉拉的几艘货船，目送它们从下游的一个河弯处逐渐消失。父亲想起了很多遥远的事情，仿佛他的脑子里有无数面镜子，那些关于我母亲以及我们兄妹的往事，在镜子里成像清晰，他自个儿看得感慨万分，常常不管在上班时间还是午睡时间，拎起电话就给我或哥哥打，"小峰，你们小时候用石头去砸车厂的猪，人家都跑掉了，你还傻乎乎地站在那里看，害得我在厂里上了一个晚上的家长学习班……""小妹，你总是吵着妈妈给你买明星贴纸，妈妈不给，你就到我挂在门背的衣服口袋里翻，每次都有五毛钱在里面吧？那是我故意留在里边的……""唉，你们妈妈都没好好坐过我的车，她总是说，想坐我的车去宁夏看看，她最远到过哪里？……唉，你们妈妈最可惜了，都没享到福……"这些星星点点的事情，让父亲变得忧伤甚至消沉。我不得不鼓励他："老爸，别老想着过去，你要往前看，吃好穿好，过好每一天，现在生活好了，想要什么就去买，我给你买……"父亲从来都乖乖应答，仿佛他是大病刚愈的患者。我讲得口干舌燥，心里其实很虚弱，我又能帮他做些什么呢？电话结束的时候，父亲说得最多的一句话是："怪了，就像是昨天发生的事情……"

有一天上午，我接到父亲的电话，他兴致勃勃地告诉我，他决定开始练习游泳，他打算到运河里游一游。我吓了一跳，当即警告他，千万别做这事，这条肉眼看起来平缓的河水，实际上太危险了。在我的印象中，父亲不会游泳。可父亲却丝毫听不进去，他很兴奋，向我说起老家乡下的那条河，他说他从小就是泡着这条河水长大的，不过他只懂得青蛙式，小时候一淘气，奶奶就会追着他打，一追，他就跳进河里，奶奶在岸上又气又急的……父亲说："我要把游泳捡回来，今年夏天到运河里走走。"电话里，我听到了一声清脆的船鸣，我猜父亲正站在河边，羡慕地看着这艘货船，仿佛运河是他即将起航的另一条公路。

父亲对运河游做足了准备。他到小区的游泳馆，花 800 元请了那个健硕的游泳教练，一对一地教他，并且只教一个动作——仰泳。父亲觉得仰泳这个姿势太优雅了。人像睡觉般仰卧在水里，头枕在水面上，双臂在身体两侧轮流滑水，双腿夹着水往后蹬，一往后蹬，人就往前飚出几米，这比在河堤上倒行优雅多了。

父亲练得刻苦认真，除了每天到游泳馆，教练利用午休时间一对一地训练他之外，他更多的时间是在家里自行练习。他穿着厚厚的羽绒服和棉裤，仰卧在客厅的木地板上，双手在身体两侧划着地面，双脚则配合地往后蹬。他先是在原地滑动，反复练习之后，他开始尝试着在地板上游。他顺着客厅往卧室的那条笔直长廊，来回地游。后来，他掌握了用髋部拐弯，就从客厅的长廊里游进卧室，再从卧室游进书房……父亲的方向感很强，他的脑袋就像一个舵，能准确地判断出，前方十点钟的位置是房门，左边九点的位置是一张茶几，右边四点的位置是一只拖鞋……父亲摆着舵，轻易地绕开了这些障碍物。

夏天还没真正到来，父亲已经可以仰躺在水面上，周游游泳池了。即使池子里人再多，父亲都不会撞到他们，就算那个埋头划着狗扒式的大块头，鲁莽地就要撞向父亲了，父亲都会调整好身体，脚掌一踩水，来一个侧滑，像一条无声无息的鱼，优雅地从大块头身边掠过。教练抱着双臂站在池子边，得意地看着他64岁的高徒，他对他的同事说："所以说，年龄根本不是问题，关键看怎么教，谁来教。"

那个午后，父亲从一场充足的午睡中醒来。他开始行动了。

他穿上一件文化衫，在游泳裤外套上一条阔短裤，脚踏进一双拖鞋，再用一只塑料袋装上一条浴巾，精神抖擞地往河边走去。在文化广场的一个坡下，他找到了走下运河的那条阶梯。他站在倒数第四级阶梯，脱下了衣裤和拖鞋，将它们装进塑料袋里，放在地上，又犹豫了一下，返回坡上，在草丛里找来一块石头，将石头压在塑料袋上。做完这一切，父亲才放心地走向最后一级台阶。

父亲的脚一迈，重心就交付给了与他作伴几十年的运河。

跟父亲的理想完全吻合。他平躺在河面上，顺着流水的方向，不紧不慢地，两手划水，两脚蹬水，脑袋顶水，那丛大背头被浸湿了，坍塌下来，藤蔓般稀稀拉拉地攀在脑壳上。游着游着，父亲惊讶地发现，在这里游泳根本不费力气，比在木地板上、游泳池里省力多了。他开始放松身体，快乐地、轻盈地向前浮游，并不时扭头看两岸风景，路灯、长椅、花坛、六角亭、柳树、橙色的健身器械……他看到自己走了无数遍的那条堤岸，他朝岸边挥挥手，就像一个阅兵的首长。偶尔，父亲会停下来，身体静止在水面上，很享受地朝天空打个呵欠。远远看去，那样子真像是睡着了。

父亲优雅的游泳逐渐吸引了两岸的观众，他们倚着栏杆，站在树荫下看，其中有几个人，还迈起了碎步，一路跟着父亲，跟了一会儿，他们看到一辆装满黑煤的货船，远远地驶过来了。货船的船身被压得很低，破着深深的水线，笔直朝前开，仿佛稍微做个侧身都很困难。在距离父亲还有几百米远的时候，货船发现了水上这个障碍物，长长地鸣叫了几声，把岸上的人都吓了好几跳。

父亲丝毫不理会那噪音，他慢条斯理地继续直线朝前游，仿佛他的脚掌上安着两只后视镜，在货船还没叫喊之前，他就先看到了它，并且完全掌握了它跟自己的距离。

货船越驶越近，它已经不可能再为父亲调整方向了。这辆身上写着"湖州007号"的货船，主人是一对中年夫妻，他们着急地走出船舱，双手叉腰，朝前方的父亲大声嚷嚷。紧接着，他们养的一条大狼犬也站到船头来了，它朝父亲紧锣密鼓地示威嚎叫。

岸上的人开始揪起了心，好像父亲很快就会被卷到船底下，有的人还甚至朝父亲呼叫、打手势，他们以为父亲是个聋子。

就在货船与父亲相距不到 100 米的时候，只见父亲双腿一蜷，身体一个侧翻，沉入水里，几秒之后，又浮出了水面，父亲脑袋朝下，背朝天空，张开四肢，像一只敏捷的青蛙，迅速地朝岸边游去，给货船让出了路来……

货船超过父亲的时候，那对中年夫妻惊魂未定，就像被捉弄了一翻，恼怒地朝父亲大叫大骂，而那只大狼犬却无比安静，它警惕地看着远处的父亲，耳朵紧张地竖着，仿佛水中潜藏着一个威力无穷的不明危险物。

沉重的货船疲倦地朝前方开远了，风平浪静。父亲又回到了河中央，他安详地仰躺着，闭着眼睛。父亲不需要感知方向，他驶向了远方，他的脚一用力，运河被他蹬在了身后，再一用力，整个城市都被他蹬在了身后。